# Histórias do Modernismo

Mário de Andrade

Antônio de Alcântara Machado

Marques Rebelo

João Alphonsus

Aníbal Machado

Seleção e comentários
Ivan Marques

Ilustrações
Alê Abreu

Coleção
O Prazer da Prosa

editora scipione

*Gerente editorial*
Sâmia Rios

*Editor*
Adilson Miguel

*Editora assistente*
Fabiana Mioto

*Revisoras*
Gislene de Oliveira
Nair Hitomi Kayo

*Editora de arte*
Marisa Iniesta Martin

*Diagramador*
Rafael Vianna

*Projeto gráfico de capa e miolo*
Homem de Melo & Troia Design

*Iconografia*
Rosa André

**editora scipione**

Avenida das Nações Unidas, 7221
Pinheiros
CEP 05425-902 – São Paulo – SP

ATENDIMENTO AO CLIENTE
Tel.: (0XX11) 4003-3061

www.scipione.com.br
e-mail: atendimento@scipione.com.br

2022

ISBN 978-85-262-7949-0 – AL
ISBN 978-85-262-7950-6 – PR

CAF: 251314 – AL

Cód. do livro CL: 737418
2.ª EDIÇÃO
9.ª impressão

*Impressão e acabamento*
Vox Gráfica

---

Ao comprar um livro, você remunera e reconhece o trabalho do autor e de muitos outros profissionais envolvidos na produção e comercialização das obras: editores, revisores, diagramadores, ilustradores, gráficos, divulgadores, distribuidores, livreiros, entre outros. Ajude-nos a combater a cópia ilegal! Ela gera desemprego, prejudica a difusão da cultura e encarece os livros que você compra.

*Atualização ortográfica e edição dos textos*
Adilson Miguel

*Agradecemos à Biblioteca do Instituto de Estudos Brasileiros (IEB-USP) pela colaboração na pesquisa e na digitalização dos textos que serviram de fontes para esta edição.*

**Dados Internacionais de Catalogação na Publicação (CIP)**
**(Câmara Brasileira do Livro, SP, Brasil)**

Histórias do Modernismo / Mário de Andrade... [et al.]; [atualização ortográfica e edição de textos de Adilson Miguel; ilustrações de Alê Abreu]; seleção e comentários de Ivan Marques. — São Paulo: Scipione, 2008. (Coleção O prazer da prosa)

Outros autores: Antônio de Alcântara Machado, Marques Rebelo, João Alphonsus, Aníbal Machado.

1. Contos Brasileiros 2. Modernismo – Brasil I. Andrade, Mário de, 1893-1945. II. Machado, Antônio de Alcântara, 1901-1935. III. Rebelo, Marques, 1907-1973. IV. Guimaraens, João Alphonsus de, 1901-1944. V. Machado, Aníbal M., 1884-1964. VI. Marques, Ivan. VII. Miguel, Adilson. VIII. Abreu, Alê. IX. Série.

08-11511      CDD-869.93

**Índice para catálogo sistemático:**
1. Contos: Literatura brasileira 869.93

© José Maria Dias da Cruz e Maria Cecília Dias da Cruz, do conto "Na rua Dona Emerenciana", publicado mediante autorização dos titulares. Todos os direitos reservados.

MISTO
Papel produzido a partir de fontes responsáveis
FSC® C137933

## sobre esta edição

Na edição dos textos que compõem esta antologia, tivemos a preocupação de manter a maior fidelidade possível à intenção dos autores. Para isso, procuramos nos basear em fontes confiáveis (ver p. 94), limitando-nos a atualizar a ortografia e corrigir os erros evidentes. No conto "Nízia Figueira, sua criada", mantivemos as grafias de alguns termos tal como Mário de Andrade fazia questão de usar. A pontuação e a sintaxe originais foram mantidas, mesmo quando divergentes dos padrões atuais de uso.

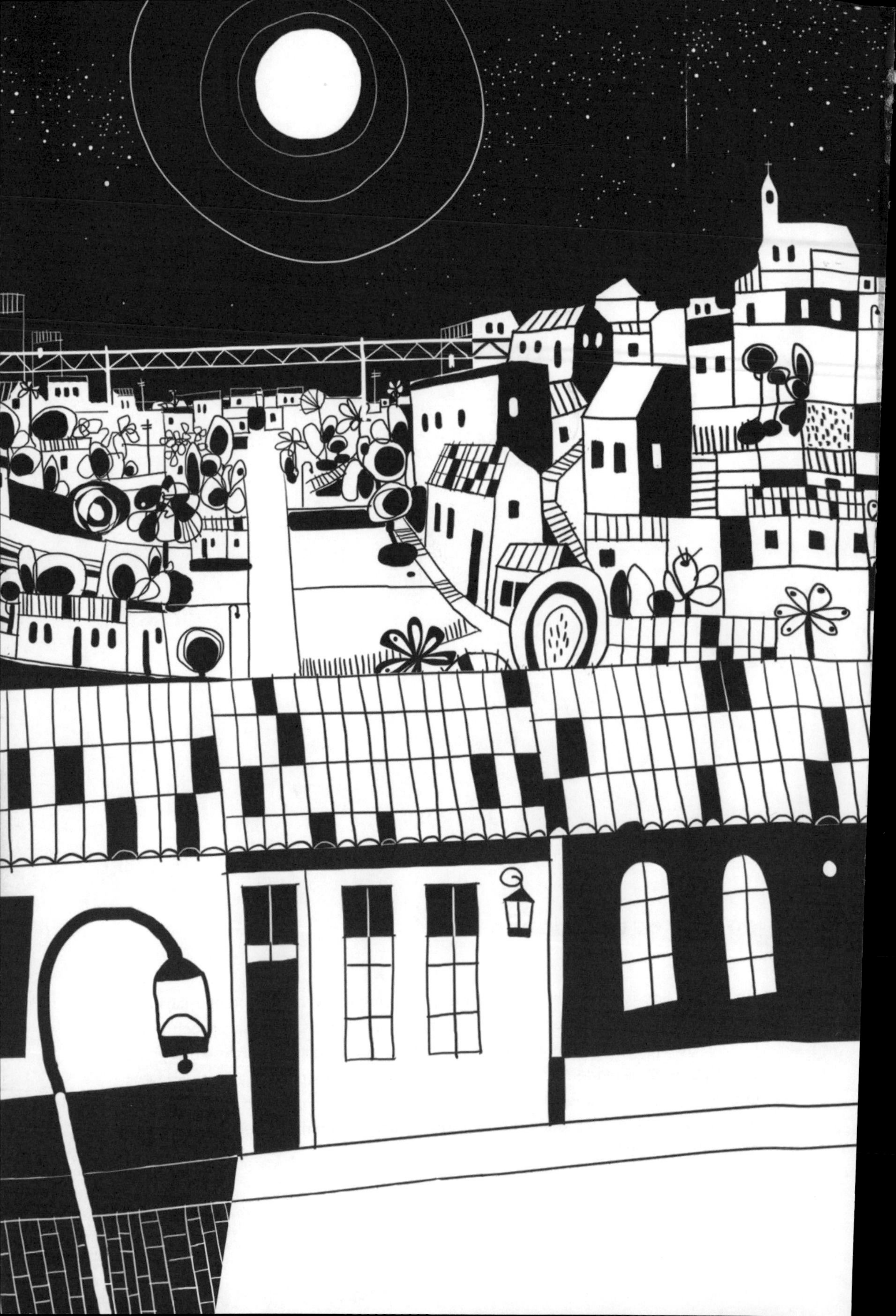

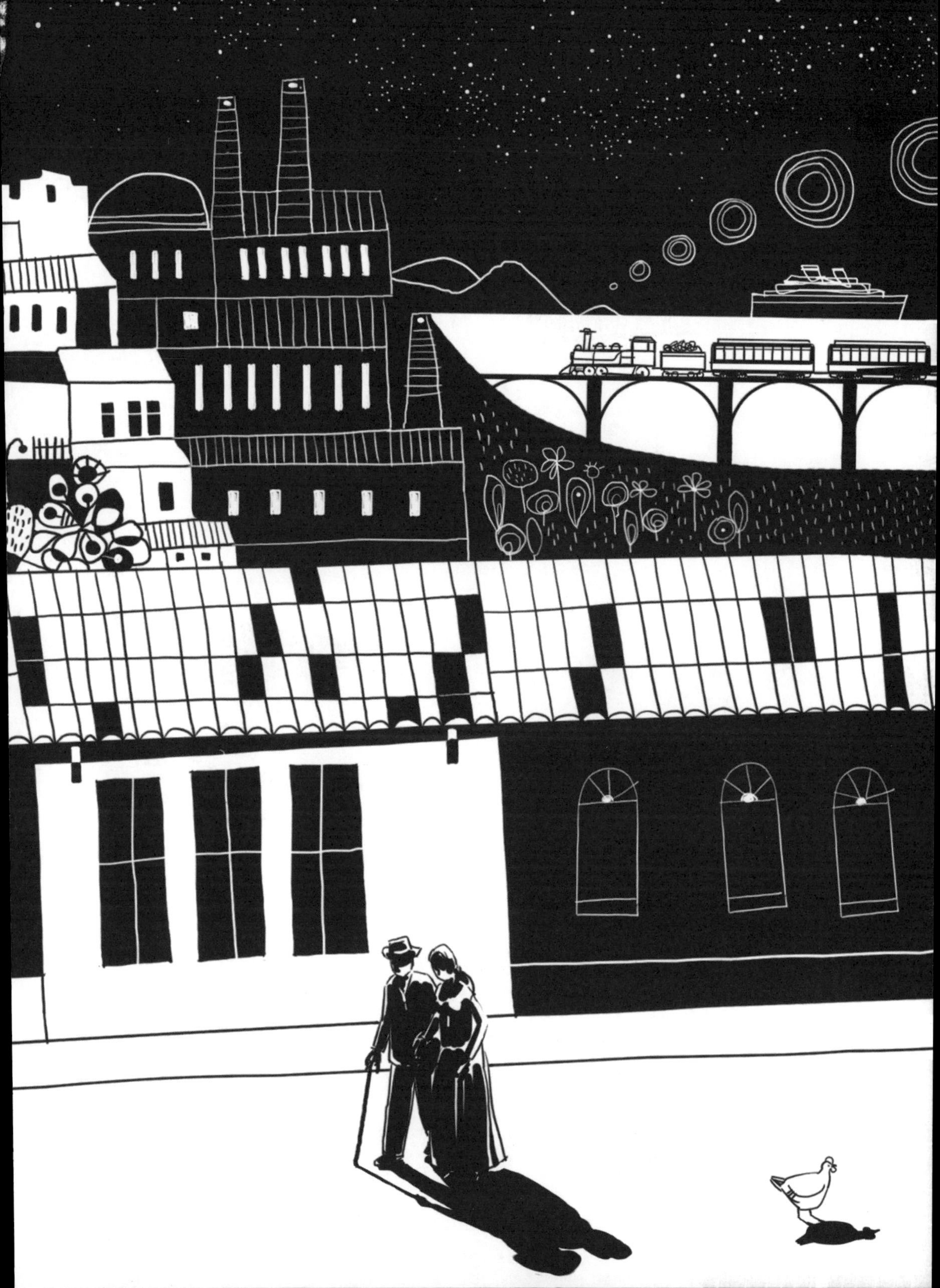

# Sumário

Introdução
8

Nízia Figueira, sua criada
Mário de Andrade
11

À margem da modernização
32

Apólogo brasileiro sem véu de alegoria
Antônio de Alcântara Machado
35

Notícias do Brasil
42

**45**
Na rua Dona Emerenciana
*Marques Rebelo*

A dura poesia do subúrbio
56

**59**
Galinha cega
*João Alphonsus*

Outra rua suburbana
70

**73**
O rato, o guarda-civil e o transatlântico
*Aníbal Machado*

Surrealismo à brasileira
92

Referências Bibliográficas
94

# Introdução

No início do século XX, a arte ocidental sofreu um forte abalo com os movimentos de vanguarda que se espalharam pela Europa e em seguida para o resto do mundo. Mas a história do Modernismo começou bem antes. O que Marinetti definia como "beleza nova", no primeiro manifesto do Futurismo, era algo que já vinha sendo pensado e experimentado desde meados do século XIX: na poesia, com Baudelaire, Rimbaud e Mallarmé, e na pintura, com Cézanne, Gauguin e Van Gogh, para citar apenas alguns exemplos. O período histórico das vanguardas vai de 1909 a 1930 (ano do segundo manifesto surrealista). Distanciando-se cada vez mais da visão realista, a estética moderna adquiriu nessa época concepções arrojadas e polêmicas: o simultaneísmo futurista, a deformação expressionista, a geometria do cubismo e da arte abstrata, as provocações da (anti)arte dadaísta, os sonhos dos surrealistas etc.

Essas "ideias novas" chegaram rapidamente ao Brasil — melhor dizendo, a São Paulo, metrópole industrial e cosmopolita que, em fevereiro de 1922, foi o palco da ruidosa Semana de Arte Moderna. Espalhando-se em seguida para outras regiões, o Modernismo constituiu um dos momentos decisivos de nossa história literária e a principal referência da literatura e da arte que se fazem ainda hoje no país.

Na década de 1920, o movimento teve um caráter fortemente destruidor, pregando a ruptura com os modelos acadêmicos. Verso livre, humor, temas cotidianos, a língua brasileira "sem erudição", o "como somos", o "como falamos", "a contribuição milionária de todos os erros", tudo isso foi trazido pelos modernistas.

Nessa *fase heroica*, as experimentações ocorrem em todas as áreas, especialmente na poesia. Já na década de 1930 — período que se convencionou chamar de *segundo Modernismo* —, esse lugar de destaque seria ocupado pela narrativa. Nas duas fases, mais do que a importação de estéticas estrangeiras, o que preocupa os escritores é a busca de uma *arte nacional*. Inicialmente, o Brasil é visto como um território mítico (*Macunaíma*, Antropofagia). No segundo momento, sobrelevam as particularidades de cada região e os dramas históricos concretos. Mas o país, como se vê, está sempre no primeiro plano.

É o que comprova esta antologia, que reúne contos produzidos nos anos mais agitados do movimento (entre 1925 e 1930). Essas narrativas têm em comum a mistura do estilo coloquial com experimentações formais de diversas naturezas, em diálogo com o jornalismo, a estética cinematográfica, a música e o samba, entre outras linguagens. Também chama atenção a preocupação com a cultura brasileira e o "caráter nacional", especialmente nos contos de Antônio de Alcântara Machado e Aníbal Machado. Nos demais, o tema comparece de modo oblíquo — mas não secundário —, com a ambientação das histórias nas periferias de São Paulo, Rio de Janeiro e Belo Horizonte. É a modernização vista da perspectiva de suas vítimas: os habitantes do subúrbio pré-industrial, que despertam nos escritores a nostalgia do mundo rural, primitivo e, supostamente, mais feliz. Saudades do passado em escritores modernos? Sim, e é essa a riqueza do Modernismo brasileiro: suas contradições revelam os impasses do próprio país.

*Ivan Marques*

**MÁRIO DE ANDRADE** nasceu em 1893, em São Paulo. Formou-se em Ciências e Letras, cursou Filosofia e, em 1915, concluiu o curso de canto no Conservatório Dramático e Musical de São Paulo. Sob o pseudônimo de Mário Sobral, publicou, em 1917, o seu primeiro livro de poesia, Há uma gota de sangue em cada poema. Foi uma das principais lideranças do movimento modernista. Morreu em São Paulo, em 1945.

**Principais obras:** Pauliceia desvairada (1922); Clã do jabuti (1927); Amar, verbo intransitivo (1927); Macunaíma (1928); Os contos de Belazarte (1934); Contos novos (1946).

# Nízia Figueira, sua criada

Mário de Andrade

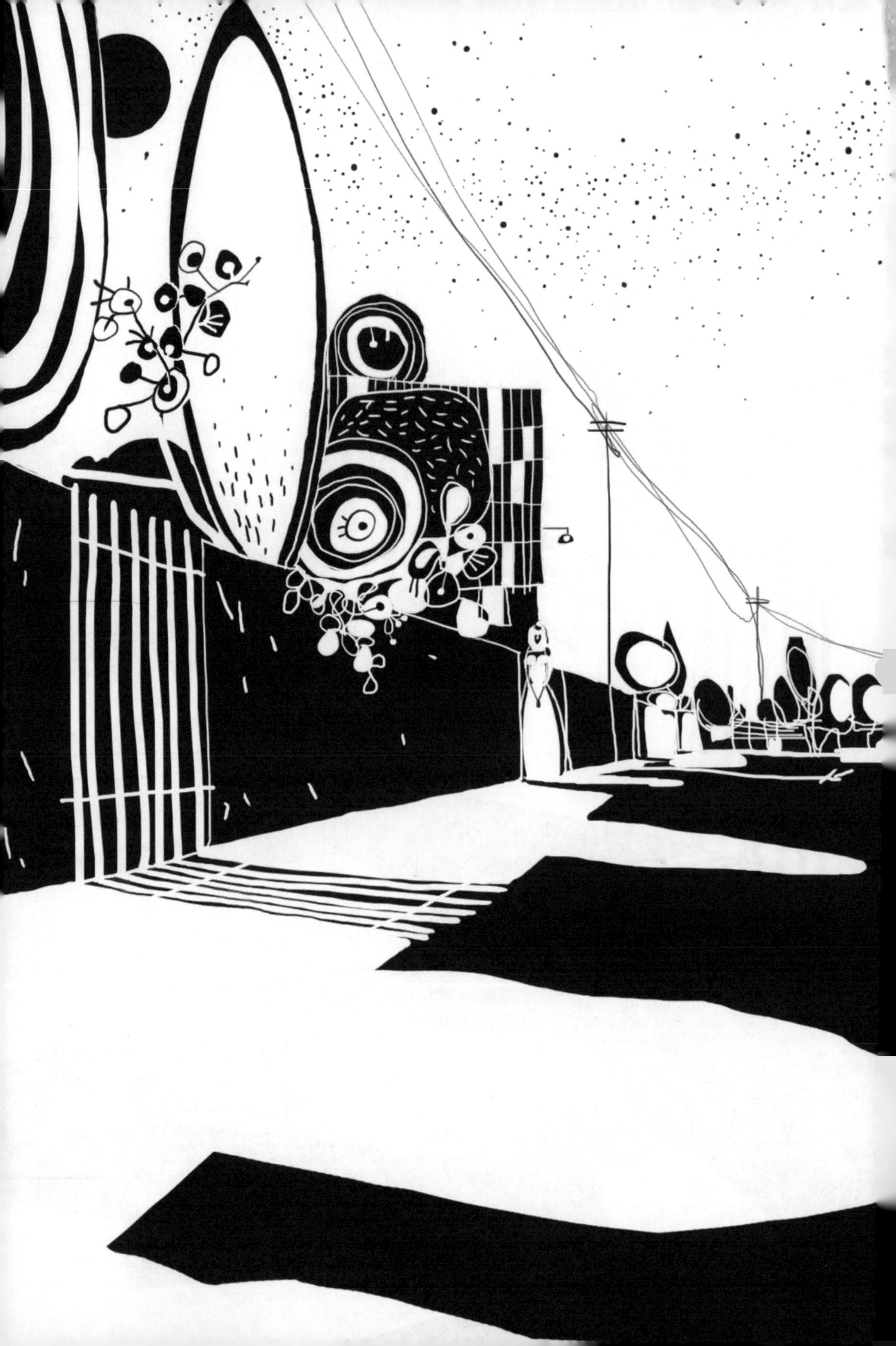

*Belazarte me contou:*

Pois eu acho que tem. Você já sabe que sou cristão... Essas coisas de felicidade e infelicidade não têm significado nenhum, si a gente se compara consigo mesmo. Infelicidade é fenômeno de relação, só mesmo a gente olhando pro vizinho é que diz o "atendite et videte"*. Macaco, olhe seu rabo! isso sim, me parece o cruzamento da filosofia cristã com a precisão de felicidade neste mundo duro. Inda é bom quando a gente inventa a ilusão da vaidade, e, em vez de falar que é mais desinfeliz, fala que é mais feliz... Toquei em rabo, e estou lembrando o caso do elefante, você sabe?... Pois não vê que um dia o elefante topou com uma penuginha de beijaflor caída numa folha, vai, amarrou a penuginha no rabo com uma corda grossa, e principiou todo passeando na serrapilheira da jungla. Uma elefanta mocetona que já estava carecendo de senhor pra cumprir

---

* Expressão latina, do livro bíblico das *Lamentações*: "Olhai e vede" (Lm 1, 12).

seu destino, viu o bicho tão bonito, mexe pra cá, mexe pra lá, ondulando feito onda quieta, e se engraçou. Falou assim: "Que elefante mais bonito, porca la miséria!" Pois ele virou pra ela encrespado e: "Dobre a língua, sabe! Elefante não senhora! sou beijaflor." E foi-se. Eis aí um tipo que ao menos soube criar felicidade com uma ilusão sarapintada. É ridículo, é, mas que diabo! nem toda a gente consegue a grandeza de se tomar como referência de si mesmo. Quanto a que lhe suceda como com a Nízia, homem! isso estou imaginando que só com ela mesmo... Que Nízia?

... se chamava... não me lembro bem si Ferreira, Figueira... qualquer coisa em "eira", creio que era Nízia Figueira. Essa sim, de família nacional da gema, carijó irumoguara com Figueira ascendente até o século dezessete.

Quando em 1886, tendo vendido o sítio porcaria perto de Pinda, o pai dela veio pra São Paulo, virou mexeu até que teve coragem de comprar com o dinheiro guardado, esse fiapo de terra baixa, então bem longe da cidade, no hoje bairro da Lapa. Em 88 Nízia com dezesseis anos de mocidade, guardada com olho de Figueira pai sempre em casa, foi com o velho e a criada preta que tinham, morar na chacrinha recém-comprada. Figueira pai, nem bem mudou, deu com o rabo na cerca, por causa dum antraz que o panema dum boticário novato imaginou que era furúnculo. Resultado: antraz tomou conta de Figueira que morreu apodrecido. Dores tamanhas, que si tivesse vizinho perto, não podia dormir de tanto gemido que todo o orgulho daquela carne tradicional não podia que não saísse, arrancado do coração meio com bastante vergonha até.

Nízia se via só neste mundo, contando apenas dezessete anos e uma inocência ofensiva, bimbalhando estupidez, valha a verdade. Só mais a "prima Rufina", como ela desde criancinha se acostumara a chamar a criada preta. Prima Rufina tinha vinte e muitos, e era bem enérgica... Plantaram pereira, pessegueiro, uma horta grande. Nízia tricotava, tricotava, fazendo sapatinho, palitozinho, touquinha de lã pros filhos desses homens. Prima Rufina vendia tudo na cidade, couve hoje, pêssego verde pra doce amanhã, trabalhinho de lã todos os dias. Eu sei que chegava muito pra elas viverem e até Nízia guardar um pouco pra velhice.

Prima Rufina saía com o baú na mão, ia na casa dum, na casa doutro, se afreguesou num instante, com tanta lábia... Pera de presente pra filha de dona Maria, bala-de-açúcar pros filhos de seu Guimarães, saber seu Quitinho como passou: trazia sempre dinheiro para o sustento. Menos o tostão ficado na venda, está claro, em troca de boa pinga de Deus.

Nízia olhava a dinheirama se engrossando, porém não sabia que dinheiro se gasta noutras coisas; e os milréis continuavam empilhados na gavetinha da cômoda. Prima Rufina é que aprendeu a vida... Não contava nada, quieta, preparando a janta, cachimbo no beiço grosso. No entanto bem que aprendeu... Não durou muito, se enrabichou por um canhambora safado que vivia ali mesmo, nas barbas da cidade. O filho-da-mãe abusou dela quanto quis, deixou prima Rufina barriguda e inda por cima desapareceu de repente, levando trinta-e-seis milréis que pedira de emprestado pra ela. Nízia olhava aquela barriga redondinha que nem arandela, afinal perguntou:

— Uai! nhá Nízia, é doença! estamo trabaia má, barriga empina. A muié de nhô Marconde já me premeteu limão-brabo pra mim, limão-brabo sara eu!

Nízia pensava no antraz do pai e tinha medo.

Barriga, de tanto crescer, teve um dia em que careceu de botar o desgraçadinho pra fora. Prima Rufina veio correndo pra chacra, deixou o baú por aí, nem sabia mais na casa de quem, só portando na venda pra comprar a garrafa de caninha.

— Olha que tu vais por bom caminho, rapariga!

— Cuide de seus negóçu, viu!

Chegou, fechou-se por dentro no quarto, e o filho veio vindo sem que prima Rufina desse um gemido, tal-e-qual os animais do mato. Nízia mandava ela preparar a janta, "Não posso! perpare mecê!" ela roncava apertado. Que seria que tinha sucedido pra prima Rufina!... era o antraz, na certa... Nízia teve mortes, do medo de ficar sozinha.

— Mecê se deite, num s'incomode cum eu!
escutava, quando vinha chamada por aqueles guinchos abafados, que nem choro de criança. Não era choro não, naturalmente prima Rufina que sofria com o antraz... Que havia de fazer? a outra mandava ela deitar, deitou. Perguntou pra escuridão. Não tinha nem guincho mais, no outro quarto. Decerto não era nada. Meia inquieta adormeceu.

Prima Rufina quando viu que não tinha mais vida na casa, se levantou. Pinga já estava toda no lugar do tiziu saído e sonhando na capa de xadrez. Carecia de coragem. Pois foi na guarda-comida buscar o espírito-de-vinho e mamou na garrafa mesmo. Enrolou bem a criancinha e saiu, saiu sim! De vez em quando sentava no caminho, suor correndo bica de dor, vista feito vidraça de neblina... Não era madrugada ainda, a preta já não tinha mais filho no braço. Dinheiro? não vê que se esquecera de trazer! primeira venda entreaberta, pronto: entrou. Foi um pifão daqueles. Só dia velho, empurrou a porta da casa, rindo boba, com os olhos derretidos num choro sem querer, cantando o "Nossa gente já tá livre, toca zumba zumba zumba"... Nízia até chorou de susto, pensando que prima Rufina estava maluca, que maluca nada! era mas era a desgraça, saindo de mistura com bebida.

Prima Rufina ficou doente uns dias. Depois sarou e aprendeu. Quando tinha vontade, ia nas vendas procurando homem disposto. Porém não sei como fazia, sei que nunca mais teve antraz. E foi desde aquela noite que ela pegou chamando Nízia de "mia fia".

Nízia, vinte, vinte-e-um, vinte-e-dois anos, continuava esquecida naquela chacrinha sem norte. Não tinha nada de feia, principiou se enfeitando, foi na cidade algumas vezes... Ficava no portão parada, sempre de hora em hora alguém havia de passar... Passava porém mal reparava em Nízia.

Pois até, uma feita, ela foi numa loja concorrida da cidade, se encostou no balcão esperando. Os caixeiros passavam, serviam todo mundo, pois não é que esqueceram de servir Nízia! esqueceram, meu caro! não estou fantasiando não! Então ela chamou um e pediu entremeio.

— Sim, senhora, já trago.

Outro pediu que ele endireitasse a pilha de chita quasi caindo, começou a endireitar, endireitou, não sei quem pediu entremeio pra ele, serviu a outra freguesa e esqueceu Nízia. Ela ficou ali muito serena, esperando. Quando viu que entremeio não vinha mesmo, desolada foi-se embora. E prima Rufina continuou comprando tudo quanto Nízia precisava.

Desejos, não posso dizer que não tivesse desejos, teve. Olhava os homens passando, alguns eram bem simpáticos, havia de ser bom com eles... Mas iam tão distraídos na rua republicana já!... Nízia voltava murcha pra dentro, sempre matutando que havia de ser bom com eles. Porém isso era fogo-de-palha, sapatinho de lã toma atenção sinão a gente erra o número dos pontos. Que-dê tempo pra imaginar nos homens?...

O que cresceu foi a intimidade com prima Rufina, principiaram conversando mais. Nízia inventava curiosidades depois do jantar, ali sentadas na varanda: a filha de nhô Guimarães enfim tinha casado com o moço médico; o caso da mulher que matou o marido na rua Major Quedinho, e assim. Então quando teve aquela dor-de-dente, por causa duns limões verdes que andou chupando e comeram o esmalte dum canino, prima Rufina fez ela beber um trago importante de cachaça. Nízia quasi morreu de angústia, ficou tonta, lançou que foi um horror. Prima Rufina sempre junto dela, consolando, limpando a blusa suja, deitando a bêbeda com tanto carinho... A dor-de-dente passou, isso é que eu sei. E a intimidade entre as duas aumentou muito.

Nunca mais Nízia bebeu, mas a outra contava as razões da pinga, e Nízia acabou sabendo as tristezas do nosso mundo.

Teve um momento em que a humanidade pareceu se lembrar dessa apartada, foi com seu Lemos o caso. Seu Lemos era fluminense não sei donde, meio pálido, com bigodinho torcido e cabelo crespo repartido do lado. Vinha pela estrada, sem custo carregando o corpo baixote, saber duas, três vezes por semana o protetor como passou, lá num sítio enorme que ficava mais ou menos onde é o bairro do Anastácio agora. Assim também o graúdo, que já dera pistolão pra ele entrar como carteiro do Correio nem bem chegandinho do Estado do Rio, não se esquecia de arranjar coisa milhor. Homem... será mesmo que seu Lemos queria coisa milhor?... Indivíduo macio, fala rara, não olhando. Sentava, ficava ali uma boa meia-hora, respondendo si perguntavam, que ele ia bem, que mamãe também ia passando bem, que o serviço ia muito bem... tudo ia bem pra seu Lemos! Depois pegava no chapéu, ia-se embora pra casinha, alugada debaixo do viaduto do Chá.

— Sua bênção, mamãe.
— Como vai seu Anastácio?
— Bem.

Comiam. Estou pensando que foi esse Anastácio que decerto deu nome ao bairro, não?... Depois seu Lemos ia palitar o dente na janela baixa. A noite vinha descendo, tapando o Anhangabaú com uma escureza solitária. Os quintais molhados do vale, botavam uma paininha de névoa sobre o corpo e ficavam bem quietinhos pra esquentar. Era um silêncio!... Poc, pocpoc... Alguém passando no viaduto. Sapo, que era uma quantidade. Luzinha aqui, luzinha ali, mais sapo querendo assustar o silêncio, qual o quê! silêncio matava São Paulo cedinho, não eram nem nove horas. Seu Lemos não tinha mais no que imaginar. Ia direito botar o restico de palito mastigado no lixo, fazia o Nome-do-Padre e caía na cama já dormindo.

Nízia Figueira, sua criada

19

Mário de Andrade

A mãe inda ficava rezando, uns pares de horas, pra cada santo esquisito que ela escarafunchava lá de quanta alcova tem o Paraíso. Santo Anastácio mártir; novena de S. Nicolau; oração pra evitar mordedura de cobra; oração pra evitar esbarro-de-estômago; oito Cre'm-dos-padres pra não pegar fogo na cidade. Acabava rezando a missa das almas do outro mundo, de que ela tinha um bruto dum pavor. Vela também se acabava. Era um despesão de vela naquela casa, porém São Paulo nunca pegou fogo, ninguém não teve esbarro-de-estômago na família, e seu Lemos nunca foi mordido de cobra quando ia na rua do Carmo, rua de Santa Teresa, por ali, entregando carta.

Filho bom ele não era não... Respeitar a mãe, respeitava nisso da gente tomar a bênção, não fumar na frente dela, falar bom-dia, boa-noite, levar ela ver Senhor Morto na noite de Sexta-feira Santa. Mas a pobre que cozinhava, inda lavava e engomava toda a roupa do filho, etc. Nem conversa. Aliás seu Lemos não conversava mesmo com ninguém. E quando a mãe morreu de repente, o que sentiu foi o vazio inquieto de quem nunca lidara com pensão nem lavadeira.

E foi então que, palitando dente na janela, ele afinal principiou reparando naquela moça do portão. No dia seguinte, francamente, foi até lá só pra ver si tinha mesmo moça no portão daquela chacra. Nízia estava lá meia lânguida, mui mansa, não pedindo nada, só por costume duma esquecida que não esperava mais ninguém.

Quando palitou de novo a barulhada dos sapos nessa noite, seu Lemos começou a pensar que ali estava uma moça boa pra casar com ele. Não refletiu, não comparou, não julgou, não resolveu nem nada, seu Lemos pensava por decretos espaçados. Pois um decreto apareceu em letras vagarentas no bestunto dele: Ali está uma moça boa pra casar com você. Na palitação do dia seguinte, estava escrito na cabeça dele: Você vai casar com a moça do portão. Então seu Lemos foi visitar o Anastácio e, passando, cumprimentou a moça do portão. Nízia estava já tão esquecida de si mesma que nem se assustou com o cumprimento, respondeu. Seu Lemos, que não via razão pra visita todo dia na chácara do padrinho, passava, cumprimentava, andava mais meio quilômetro pra disfarçar, ficava por ali dando com o pé na tiririca poeirenta, olhava qualquer pé de agarra-compadre do caminho, voltava, e cumprimentava de novo, rumo do Anhangabaú.

Depois de mês e meio de tanto bate-perna, seu Lemos, palitando, soletrou o decreto novo aparecido de repente na cachola: Amanhã é domingo pé-de-cachimbo, e você vai pedir a mão da moça da chácara. Note bem a graça desses decretos: de primeiro só falavam em moça do portão, mas agora vinham falando em moça da chacra, mais útil pra casar.

Ali pelo meio-dia, prima Rufina muito espavorida veio ver quem que estava batendo, era seu Lemos. Prima Rufina quasi que dá o suíte no indivíduo, mas enfim dona Nízia havia de saber o que era aquilo. Decerto encomenda...

— Mecê entre!

Seu Lemos não esperou nem dois minutos no copiar, veio Nízia, assim como estava, com o trabalhinho no colo. Ele falou que vinha pedir a mão dela em casamento, ela respondeu que estava bom. Foi lá dentro dizer que prima Rufina preparasse também uns bolinhos pro café e voltou. Entraram na varanda. Nízia continuando o sapatinho principiado.

— Como é a sua graça?

Olhou pra ele espantada, perguntar como era a graça dela... decerto que ela é que não sabia! Seu Lemos esclareceu:

— Me chamo Lemos, José Lemos, seu criado. Queria também saber o nome da senhora.

— Nízia Figueira, sua criada.

— Sim senhora.

Seu Lemos parou de brincar com os dedos em cima das pernas.

— A senhora gosta muito de fazer sapatinho, dona Nízia?
— Já estou muito acostumada.
— Muito bonito esse que a senhora está fazendo, é presente?
— Não senhor, eu vendo.
— Ahn...
— Quantos eu faço, prima Rufina vende nas casas.
— Sei... Quem é prima Rufina?

Seu Lemos recomeçou brincando com os dedos em cima das pernas.

— A preta que recolheu o senhor.
— Ahn... mas ela não é prima da senhora, não?
— É minha criada. Me acostumei chamando ela de prima Rufina desde criança. E ficou.
— Engraçado.

Trinta-e-seis, trinta-e-nove, quarenta-e-oito, pronto, acabava mais uma carreira.

— Está um dia bonito hoje, não?
— Está mesmo.
— Que sol mais claro, não?
— Quem sabe si está incomodando o senhor? eu fecho a janela...
— Não senhora, até nem me incomoda.

Veio o café-com-leite e bolinhos. Tomaram café-com-leite e comeram dois bolinhos cada um. Fazia uma tarde sublime lá fora, claro, claro, com o sol quente jiboiando sobre os campos. E por esse instinto de domingo que a natureza parece ter, aquela baixada estava num sossego imenso, tomava um ar de repouso largado, voluptuosamente largado, esparramado no chão. Eles ficaram ali fechados naquela sala-de-jantar, seu Lemos palitava, Nízia tricotava, até que enxergaram os primeiros ruivores passarem longe no horizonte, entardecendo o dia.

— Bom, já vou indo.

Então Nízia percebeu a ventura inconcebível que lhe trazia aquele seu Lemos. Olhou. Viu na frente o bigode e o topete simpático, sorriu pra eles. O vestido de cassa recortava as redondezas do corpo dela, feito como era costume naquele tempo, quasi gordo, mais gordo que magro, peitos enchumaçados, pernas grossas, curtas, mãos parando no meio. Na cara, os olhos castanhos embaçavam o rubor liso que vinha empalidecendo até um queixo feito barrete frígio. Nariz simples, com as narinas quasi grandes, ondulando nas mesmas curvas dos bandós castanhos. A boca sorrindo era pálida, com dentes cerrados e monótonos. Falou um "Já vai" meio pergunta, meio aceitação, duma calma dominical.

— Já vou sim, dona Nízia, são horas. Tive muito prazer em conhecê-la.

Inquietação antiga desmanchou a cara dela:

— E o senhor volta!

— Volto. Não volto sempre porque creio que vou mudar de emprego, trabalho no Correio, é. Meu padrinho parece que vai arranjar qualquer coisa pra mim na Secretaria do Tesouro, mas volto. Passe bem.

Ela entregou-lhe a mão e a vida:

— Passe bem.

Acompanhou-o até o portão. Ficou ali, enquanto ele partiu pelo caminho rúim. Tomando a estrada larga, seu Lemos nem se voltou pra dizer outro adeus. Nízia entrou. Andava meia sem serviço pela casa.

— Essas toalhinhas-de-crochê estão carecendo lavar, prima Rufina.

— Antão num lavei elas na semana retrasada mêmo!

— Mas olhe como estão!

— Num inxergo nada não, porém mecê qué eu lavo! Tou vendo mas é que seu Lemes veio atrapaiá tuda a vida nesta casa!

Mecê inté parece que nem num sabe adonde assentá! cadera num farta! Sente, fique sussegada que é mió!

— Você não gostou de eu ficar noiva, é?

— Até que gostei bem. Mecê carece dum home nesta casa que lhe proteja mas porém ansim! premero que aparece, vai ficando noiva! nem num sabe si seu Lemes quem é, arre credo! Será que anda de bem cum os puliça! isso é que num posso assigurá pra mecê!

— Como você está braba comigo, prima Rufina! ele é empregado no Correio!

— Isso antão é imprego que se tenha! Gente boa num carece di andá iscrevendo carta não! véve que nem nois mêmo, bem assussegado no seu canto! Mia fia, vassuncê num cunhece nada desse mundo, mundo é mais rúim que bão... Essa história di sê impregado no Correio, num mi parece que seja coisa dereita não, infim...

Foram deitar. A felicidade de Nízia fizera dela uma desgraçada. Do passado e esquecimento de dantes não se lembrava, mas o agora é que fazia ela sofrer. Noivo, seu Lemos achou que não carecia mais de passar todo santo dia pela casa tão longe da noiva, a tarde veio e seu Lemos não veio. Nízia vivia num deslumbramento simultâneo de felicidade e amargura. Que amasse não digo, mas tinha alguém que se lembrara da existência dela. Isso lhe dava um gosto inquieto, gosto de comparação, gosto de mais de um, não sei si explico bem. De repente ficara desgraçada. "Vem amanhã", murmurejou sofrendo de prazer. E repetiu "Vem amanhã" até na quinta-feira.

Seu Lemos chegou não eram bem seis horas, jantado. Entregou pra ela o brochinho de ouro, escrito LEMBRANÇA.

— Muito obrigado, seu Lemos.

— A senhora tem passado bem?

Etc.

Nízia Figueira, sua criada

25

Mário de Andrade

Ficou lá até oito, creio. Nízia trabalhando, sob o lampião de querosene, ele assuntando as assombrações do teto. Falavam de vez em quando aquelas frases de companheiro que não esperam resposta, só pra reconhecimento de existência junta, um pouco de Correio, um pouco de trabalhinho de lã. Prima Rufina pitando na cozinha. Seu Lemos afirmou que voltava no domingo e então haviam de combinar o casório.

Não veio no domingo, veio na terça-feira. Que andara muito atrapalhado por causa duma visita que fora obrigado a fazer. Depois tivera de levar uma carta do tal pra um graúdo, estava quasi arranjado o lugar na Secretaria. Trazia aquela meia-dúzia de lencinhos, desculpasse. Nízia foi lá dentro e voltou, feliz duma vez, com o cachenê feito por ela na mão. Seu Lemos agradeceu e achou que estava muito bonito. Estava. Era pardo, todo com listas pretas, barra de lã-com-seda.

Seu Lemos levou uma semana sem aparecer. Só na outra terça-feira estourou na chacrinha, muito afobado, apenas tivera tempo pra arranjar aquelas cravinas, de tão atrapalhado que andava, desculpasse. Saíra a nomeação, e no dia seguinte tomava posse.

— Custou mas enfim!...
— Quem espera sempre alcança.
— É mesmo mas custou. Já ia desanimado.

Seu Lemos estava mais tagarela. Nesse dia sapatinho de lã não entrou na conversa, era só serviço rúim do Correio, serviço bom da Secretaria, ordenado bem milhor, seu Chefe de seção, "me disseram" e outras coisas nessa toada.

Nízia escutando. As palavras caíam dentro dela talqualmente flor de paina, roseando a alma devagar. Foi-se embora mais cedo? Não fazia mal! Nem soube que eram nove horas, que eram dez e muito mais, ficou sozinha no trabalho, sem saber que trabalhava, acabando carreira numa conta, acabando sapatinho, acabando outro sapatinho, escutando. Não tinha nem bulha na noite fora. Os homens estavam dormindo em

São Paulo. Nem poeira nem grilo nem vento, que nada! um silêncio de matar gesto do braço. Nízia tricotando sem saber. A luz do lampião mariposava em volta da cabeça dela e, no calor seco da sala, as palavras de seu Lemos se pronunciavam ainda, sonorosas de verdade, como afago doce de companheiro. Nízia sofreu que você não imagina. Sofreu aquele sapatinho de lã; sofreu por causa de prima Rufina que estava envelhecendo muito depressa; sofreu aqueles vestidos de cassa eternamente os mesmos, carecia fazer outros; as toalhinhas de crochê não ficaram bem lavadas; ela era um poucadinho bem mais gorda que seu Lemos; também prima Rufina nunca trouxera uns pés de cravina pra plantar no jardim! flor tão bonita...

Todas essas infelicidades que nunca sentira, e que doem tanto pra quem não pode ter outras: era a voz de seu Lemos que trazia, pondo como espelho diante dela o corpo do companheiro. Foi pro quarto e pela primeira vez depois do antraz da preta, não dormiu logo. Pensar não pensou, era também do gênero dos decretos. Como decreto não vinha, ficou espalhada na escuridão, sentindo apenas que vivia, feliz, encostada na vida do companheiro.

Seu Lemos levou duas semanas sem aparecer.

— Puis é! si mecê já tivesse priguntado pra ele adonde que ele mora, eu ia inté lá sabê si é duença...

Numa quarta-feira seu Lemos apareceu. Vinha com barba por fazer e de mãos vazias, puxa! que serviceira! estava arrependido. Depois, tanta responsabilidade!... Entregar carta, a gente entrega e pronto, agora? escreve número aqui, escreve número noutra parte, e não se pode errar porque livro de Secretaria não é coisa que a gente ande rabiscando nem raspando. Depois: ainda não estava bem enfronhado do serviço que barafunda! nunca imaginei que fosse tão difícil!...

O engraçado é que ali mesmo, diante de Nízia, sem se lembrar dela, seu Lemos estava lendo os decretos da cabeça. E não pense que lia todos em voz alta que nem estou fazendo, não!

Parava de falar às vezes, e lia só consigo. E que diferença agora a cabeça de seu Lemos! Antigamente era um vazio grande sem nada, só de três em cinco palitações um decretinho curto. Agora? era ver página do *Correio Paulistano* "que barafunda!", como ele dizia... Foi-se embora remoendo decreto sem parada.

Nízia ficou na porta, metade do corpo na noite, metade dentro de casa, partida pelo meio. Bem sentiu que seu Lemos, coitado! não era por querer, porém, estava escapando dela. Voltou pra dentro, e custava se lembrar do que seu Lemos falara. Quis sossegar-se, coitado! tanta ocupação... Sossegou-se, mas num sossego sozinho, de morte e de desagregação. Quando ficou bem só, não sofreu mais, dormiu.

Seu Lemos só apareceu vinte dias depois, vinha magro, passando. Viu Nízia no portão, parou pra saudar. Tinha que ir ver o protetor, por causa duma embrulhada que sucedera lá na repartição. Ela meia que ficou até espantada com a figura do estrangeiro. Teve uma dor horrível.

— Na volta o senhor entra sempre, seu Lemos?

— Pra falar verdade, dona Nízia, não sei si posso parar, si puder, paro. Mas não se incomode por minha causa não. Passe bem.

— Passe bem.

Seu Lemos tinha revivido nela uma infelicidade pesada. Mas não desejou que seu Lemos não voltasse, como seria milhor pra ela e foi. Seu Lemos não voltou. Padrinho deu o estrilo com ele por causa da tal encrenca, seu Lemos zangou com o padrinho, seu Lemos saiu da Secretaria, seu Lemos banzou sem decretos uma porção de dias, seu Lemos arranjou emprego numa loja de fazendas... O coitado não queria riqueza, queria era sossego... Arranjou u'a mulata gorda pra cozinhar, dormiu uma noite no quarto da Sebastiana e depois todas as noites a Sebastiana no quarto dele, que era mais espaçoso. Sebastiana cozinhava, porém não era cozinheira mais: dona-de-casa, sempre querendo chinela nova no pé cor-de-sapota.

Nízia... Teve um homem que veio morar bem perto da chacrinha dela. Não durou muito uma família vizinhou com o tal. E aos poucos foi se fazendo a rua Guaicurus, foi se fazendo mais um bairro desta cidade ilustre. Uns se davam com os outros; uns não se davam com os outros; ninguém não se dava com Nízia; prima Rufina se dava com todos. Nízia serenamente continuava esquecida do mundo.

Deu mas foi pra beber. Banzando pela casa, quis matar uma barata e encontrou debaixo da cama de prima Rufina, a garrafa que servia pra de-noite. Roubou um pouco por curiosidade. Muito pouquinho, com vergonha da outra. A primeira sensação é rúim, porém o calor que vem depois é bom.

Não levou nem mês, prima Rufina percebeu. Não falou nada, só que trouxe um garrafão de pinga, e principiaram bebendo juntas, cada mona!... Não digo que fosse todo dia, pelo contrário. Nízia trabalhava, prima Rufina vendia, sempre as mesmas. Trintonas, quarentonas, isto é, prima Rufina, sempre muito mais velha que a outra. Dera pra envelhecer rápido, essa sim, uma coitada que não o mundo porém a vida esquecera, quasi senil, arrastando corpo sofrido, cada nó destamanho no tornozelo, por causa do artritismo. Quando a dor era demais, lá vinha o garrafão pesado:

— Mecê tambem qué, mia fia?
— Me dá um bocadinho pra esquentar.
— Puis é, mia fia, beba mêmo! Mundo tá rúim, cachaça dexa mundo bunito pra nóis.

Era dia de bebedeira. Prima Rufina dava pra falar e chorar alto. Nízia bebia devagar, serenamente. Não perdia a calma, nem os traços se descompunham. A boca ficava mais aberta um pouco, e vinha uma filigrana vermelha debrular a fímbria das narinas e dos olhos embaçados. Punha a mão na cabeça e o bandó do lado esquerdo se arrepiava. Ficava na cadeira, meia recurvada, com as mãos nos joelhos, balanceando o corpo instável, olhar fixo numa visão fora do mundo. Prima Rufina, se encostando em quanta parede achava, dando embigada nos móveis, puxava Nízia. Nízia se erguia, agarrava o garrafão em meio, e as duas, se encostando uma na outra, iam pro quarto.

Prima Rufina quasi que deixou cair a companheira. Rolou na cama, boba duma vez, chorando, perna pendente, um dos pés, arrastando no assoalho. Nízia sentava no chão e recostava a cabeça na perna de prima Rufina. Bebia. Dava de beber pra outra. Prima Rufina punha a mão sem tato na cabeça de Nízia e consolava a serena:

— É isso mêmo, mia fia... num chore mais não! A gente toma pifão, pifão dá gosto e bota disgraça pra fora... Mecê pensa que pifão num é bom... é bão sim! pifão... pifãozinho... pra esquentá desgraça desse mundo duro... O fio de mecê, num sei que-dele ele não. Fio de mecê deve de andá pur aí, rapaiz, dicerto home feito... dicerto mecê já isbarrô cum ele, mecê num cunheceu seu fio, seu fio num cunheceu mecê... Num chore mais ansim não!... Pifão faiz mecê esquecê seu fio, pifão... pifão... pifãozinho...

Nízia piscava olhos secos, embaçados, entredormindo. Escorregava. Ia babar num beijo mole sobre o pezão de prima Rufina. Esta queria passar a mão na outra pra consolar, vinha até a borda da cama e caía sobre Nízia, as duas se misturando num corpo só. Garrafão, largado, rolava um pouco, parava no meio do quarto. Prima Rufina inda se mexia, incomodando Nízia. Acabava se aconchegando entre as pernas desta e fazendo daquela barriga estufada um cabeceiro cômodo. Falava "pifão" não sei quantas vezes e dormia. Dormia com o corpo todo, engruvinhado de tanta vida que passara nele, gasta, olhos entreabertos, chorando.

Nízia ficava piscando, piscando devagar, mansamente. Que calma no quarto sem voz, na casa... Que calma na terra inexistente pra ela... Piscava mais. Os cabelos meio soltos se confundiam com o assoalho na escuridão da noitinha. Mas inda restava bastante luz na terra, pra riscar sobre o chão aquele rosto claro. Muito sereno, um reflexo leve de baba no queixo, rubor mais acentuado na face conservada, sem uma ruga, bonita. Os beiços entreabriam pro suspiro de sono sair. Adormecida calma, sem nenhum sonho e sem gestos.

Nízia era muito feliz.

## À margem da modernização

"Eu sou trezentos, sou trezentos-e-cinquenta", escreveu Mário de Andrade, um dos líderes — e sem dúvida o principal teórico — do Modernismo brasileiro. Poeta, ficcionista, crítico, ensaísta, folclorista, professor de música, Mário fez de tudo, se interessou por tudo. Em seu "gigantismo epistolar", chegou a construir a mais deslumbrante rede de diálogos de nossa vida cultural (calcula-se que tenha escrito mais de dez mil cartas). Gabava-se de ser sobretudo um homem de ação, mas não deixou de realizar com plenitude sua obra. Dividido, como todo intelectual brasileiro, entre suas raízes culturais e as influências estrangeiras, foi o criador genial de obras fundamentais da fase heroica do Modernismo. Obras em que a busca do caráter nacional se confunde com a procura da própria identidade.

Em 1922, Mário publicou o primeiro livro brasileiro de poesia moderna, *Pauliceia desvairada*. Os poemas misturam as "palavras em liberdade" do futurismo com a "inspiração" e o "desvairismo" — numa palavra, a subjetividade — da poesia romântica. Mário tenta combinar o registro objetivo da vida urbana com o tumulto de sensações do homem nesse cenário moderno. Os paradoxos se acumulam. São Paulo é admirada e, ao mesmo tempo, detratada como um "galicismo". No poema "O trovador", o sujeito lírico se define como "um tupi tangendo um alaúde", isto é, um ser simultaneamente primitivo e civilizado.

Em 1924, ocorre uma virada na história do Modernismo: após o momento inicial de intenso diálogo com as vanguardas europeias (período de atualização), os artistas e escritores do movimento embarcam na redescoberta do Brasil. Mário passa a defender uma arte interessada no folclore e na investigação da identidade nacional. "Precisamos dar uma alma ao Brasil", escreve numa carta ao poeta mineiro Carlos Drummond de Andrade. Começa aí a sua luta pela criação ou estilização de uma língua brasileira, espécie de síntese das línguas faladas em todas as regiões. Com essa linguagem, nasceu *Macunaíma*, a obra máxima do primeiro Modernismo, na qual avultam as contradições do brasileiro "sem nenhum caráter", ao mesmo tempo em que se revela o surpreendente pessimismo do autor em relação às visões eufóricas do país, propiciadas pela combinação do primitivismo com a mística da modernização.

Esse ponto de vista dilacerado e crítico pode ser observado nas histórias do livro *Os contos de Belazarte*, que foram escritas entre 1923 e 1926. Nelas, além de exercitar a linguagem coloquial (cheia de erros, gírias, onomatopeias, pregões de rua), Mário vagueia, como Baudelaire, pelos ambientes sórdidos da cidade. Malazarte e Belazarte surgiram juntos e ambos são "heterônimos" do escritor. O primeiro é irônico, brincalhão, "cronista de si" e do seu próprio tempo. O segundo é rabugento, tristonho, "cronista dos outros", cujas trágicas narrativas, ironicamente denominadas de intermédios, tratam de personagens humildes da então periferia de São Paulo (bairros da Lapa e do Brás). Todos os contos são iniciados com o bordão "Belazarte me contou" e representam variações de um outro refrão que se repete ao longo das histórias (*Fulano foi muito infeliz*), inversão do clássico desfecho dos contos populares que servem de modelo ao escritor. A infelicidade dessa gente miúda, vista pelo olhar pitoresco e sentimental do contador de casos, exprime na verdade a degradação das classes subalternas, à margem da modernização.

Nízia Figueira é um caso à parte. Embora o narrador nos informe que ela "era muito feliz", a história dessa mulher, que passa pela vida sem que ninguém note sua existência, é tão desgraçada quanto a de Prima Rufina, a criada negra com quem ela vive numa pequena chácara no então arrabalde de São Paulo. Representante da família rural paulista em decadência, Nízia não acha lugar na nova terra e passa a existência em longas esperas, tricotando dentro de casa ou em pé, no portão, sem nunca chamar a atenção de ninguém. Quando vai às lojas da cidade comprar "entremeio", nem consegue ser atendida. Insignificante para os outros e inconsciente ela mesma de sua identidade, Nízia é uma ancestral de Macabéa, a protagonista do livro *A hora da estrela*, de Clarice Lispector, que também vive numa cidade "feita contra ela". O fracasso do namoro com seu Lemos traz pela primeira vez a revelação de sua infelicidade. Até então, parecia inocente (até demais) e vivia esquecida do mundo. No final, se refugia na bebida, ficando cada vez mais íntima de Prima Rufina, ao ponto de os corpos das duas se misturarem. Eis a visão patética de vidas que se anulam, "sem nenhum sonho e sem gestos", enquanto se ergue a rua Guaicurus, "mais um bairro desta cidade ilustre".

Reprodução / AE

**ANTÔNIO DE ALCÂNTARA MACHADO** nasceu em São Paulo, em 1901. Formado em Direito, desde cedo se dedicou ao jornalismo. Foi redator, chefe de redação e diretor de vários jornais. Dirigiu também as publicações *Terra Roxa*, *Revista de Antropofagia* e *Revista Nova*, que representaram diversas fases do Modernismo. Morreu em 1935, aos 34 anos de idade.

**Principais obras:** *Pathé Baby* (1926); *Bras, Bexiga e Barra Funda* (1927); *Laranja-da-China* (1928); *Mana Maria* (1936).

# Apólogo brasileiro sem véu de alegoria

*Antônio de Alcântara Machado*

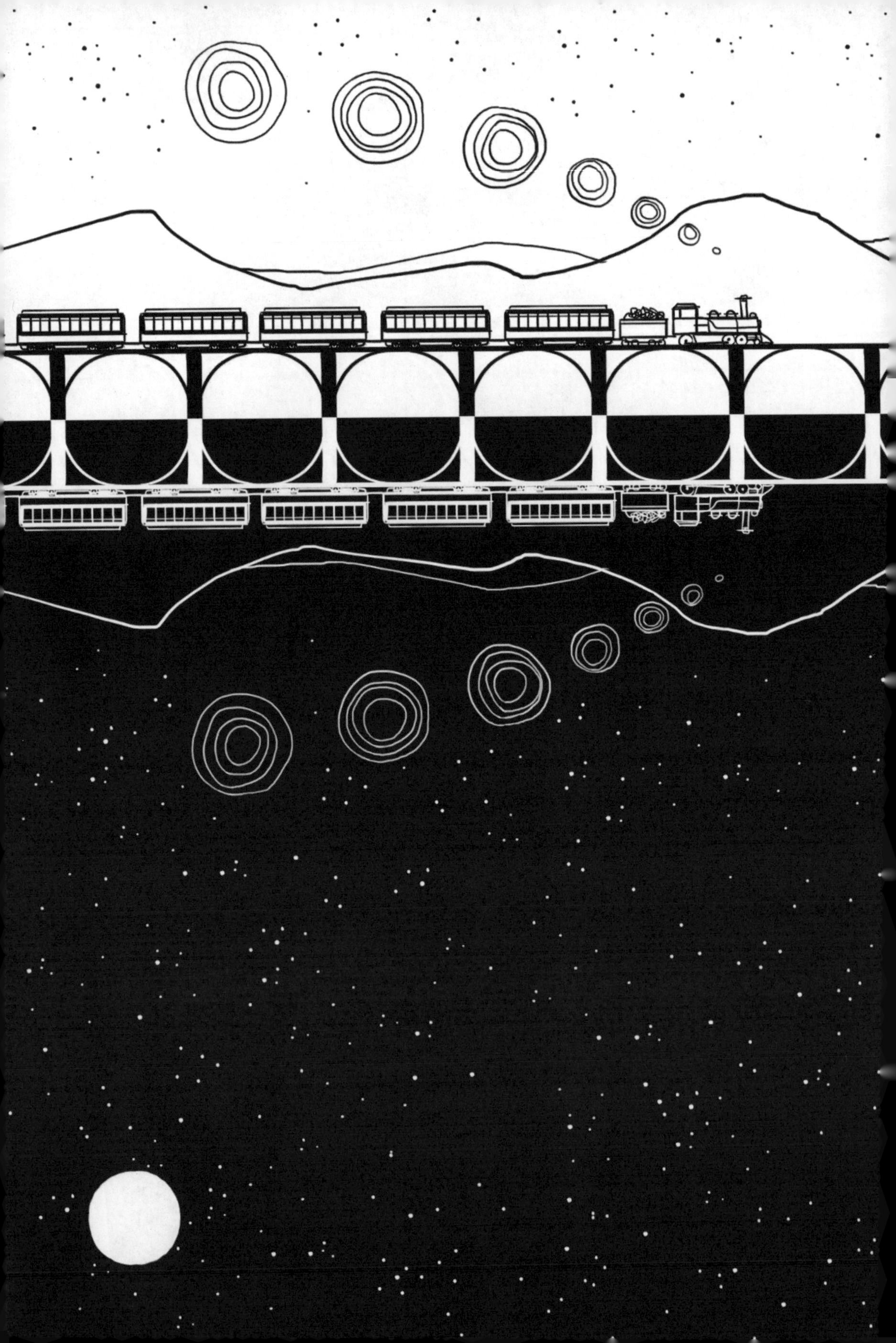

O trenzinho recebeu em Maguari o pessoal do matadouro e tocou para Belém. Já era noite. Só se sentia o cheiro doce do sangue. As manchas na roupa dos passageiros ninguém via porque não havia luz. De vez em quando passava uma fagulha que a chaminé da locomotiva botava. E os vagões no escuro.

Trem misterioso. Noite fora noite dentro. O chefe vinha recolher os bilhetes de cigarro na boca. Chegava a passagem bem perto da ponta acesa e dava uma chupada para fazer mais luz. Via mal e mal a data e ia guardando no bolso. Havia sempre uns que gritavam:

— Vá pisar no inferno!

Ele pedia perdão (ou não pedia) e continuava seu caminho. Os vagões sacolejando.

O trenzinho seguia danado para Belém porque o maquinista não tinha jantado até aquela hora. Os que não dormiam aproveitando a escuridão conversavam e até gesticulavam por força do hábito brasileiro. Ou então cantavam, assobiavam. Só as mulheres se encolhiam com medo de algum desrespeito.

Noite sem lua nem nada. Os fósforos é que alumiavam um instante as caras cansadas e a pretidão feia caía de novo. Ninguém estranhava. Era assim mesmo todos os dias. O pessoal do matadouro já estava acostumado. Parecia trem de carga o trem de Maguari.

Porém aconteceu que no dia 6 de maio viajava no penúltimo banco do lado direito do segundo vagão um cego de óculos azuis. Cego baiano das margens do Verde de Baixo. Flautista de profissão, dera um concerto em Bragança. Parara em Maguari. Voltava para Belém com setenta e quatrocentos no bolso. O taioca guia dele só dava uma folga no bocejo para cuspir.

Baiano velho estava contente. Primeiro deu uma cotovelada no secretário e puxou conversa. Puxou à toa porque não veio nada. Então principiou a assobiar. Assobiou uma valsa (dessas que vão subindo, vão subindo e depois descendo, vêm descendo), uma polca, um pedaço do *Trovador*. Ficou quieto uns tempos. De repente deu uma coisa nele. Perguntou para o rapaz:

— O jornal não dá nada sobre a sucessão presidencial?

O rapaz respondeu:

— Não sei: nós estamos no escuro.

— No escuro?

— É.

Ficou matutando calado. Claríssimo que não compreendia bem. Perguntou de novo:

— Não tem luz?

Bocejo.

— Não tem.

Cuspada.

Matutou mais um pouco. Perguntou de novo:

— O vagão está no escuro?

— Está.

De tanta indignação bateu com o porrete no soalho. E principiou a grita dele assim:

— Não pode ser! Estrada relaxada! Que é que faz que não acende? Não se pode viver sem luz! A luz é necessária! A luz é o maior dom da natureza! Luz! Luz! Luz!

E a luz não foi feita. Continuou berrando:

— Luz! Luz! Luz!

Só a escuridão respondia.

Baiano velho estava fulo. Urrava. Vozes perguntaram dentro da noite:

— Que é que há?

Baiano velho trovejou:

— Não tem luz!

Vozes concordaram:

— Pois não tem mesmo.

⁓

Foi preciso explicar que era um desaforo. Homem não é bicho. Viver nas trevas é cuspir no progresso da humanidade. Depois a gente tem a obrigação de reagir contra os exploradores do povo. No preço da passagem está incluída a luz. O Governo não toma providências? Não toma? A turba ignara fará valer seus direitos sem ele. Contra ele se necessário. Brasileiro é bom, é amigo da paz, é tudo quanto quiserem: mas bobo não. Chega um dia e a coisa pega fogo.

Todos gritavam discutindo com calor e palavrões. Um mulato propôs que se matasse o chefe do trem. Mas João Virgulino lembrou:

— Ele é pobre como a gente.

Outro sugeriu uma grande passeata em Belém com banda de música e discursos.

— Foguetes também?

— Foguetes também.

— Be-le-za!

Mas João Virgulino observou:

— Isso custa dinheiro.

— Que é que se vai fazer então?

Ninguém sabia. Isto é: João Virgulino sabia. Magarefe-chefe do matadouro de Maguari, tirou a faca da cinta e começou a esquartejar o banco de palhinha. Com todas as regras do ofício. Cortou um pedaço, jogou pela janela e disse:

— Dois quilos de lombo!

Cortou outro e disse:

— Quilo e meio de toicinho!

Todos os passageiros magarefes e auxiliares imitaram o chefe. Os instintos carniceiros se satisfizeram plenamente. A indignação virou alegria. Era cortar e jogar pelas janelas. Parecia um serviço organizado. Ordens partiam de todos os lados. Com piadas, risadas, gargalhadas.

— Quantas reses, Zé Bento?

— Eu estou na quarta, Zé Bento!

Baiano velho quando percebeu a história pulou de contente. O chefe do trem correu quase que chorando.

— Que é isso? Que é isso? É por causa da luz?

Baiano velho respondeu:

— É por causa das trevas!

O chefe do trem suplicava:

— Calma! Calma! Eu arranjo umas velinhas.

João Virgulino percorria os vagões apalpando os bancos.

— Aqui ainda tem uns três quilos de coxão mole!

O chefe do trem foi para o cubículo dele e se fechou por dentro rezando. Belém já estava perto. Dos bancos só restava a armação de ferro. Os passageiros de pé contavam façanhas. Baiano velho tocava a marcha de sua lavra chamada *Às armas cidadãos!*. O taioquinha embrulhava no jornal a faca surripiada na confusão.

Tocando a sineta o trem de Maguari fundou na estação de

Belém. Em dois tempos os vagões se esvaziaram. O último a sair foi o chefe muito pálido.

⌒

Belém vibrou com a história. Os jornais afixaram cartazes. Era assim o título de um: OS PASSAGEIROS NO TREM DE MAGUARI AMOTINARAM-SE JOGANDO OS ASSENTOS AO LEITO DA ESTRADA. Mas foi substituído porque se prestava a interpretações que feriam de frente o decoro das famílias. Diante do Teatro da Paz houve um conflito sangrento entre populares.

Dada a queixa à polícia foi iniciado o inquérito para apurar as responsabilidades. Perante grande número de advogados, representantes da imprensa, curiosos e pessoas gradas, o delegado ouviu vários passageiros. Todos se mantiveram na negativa menos um que se declarou protestante e trazia um exemplar da Bíblia no bolso. O delegado perguntou:

— Qual a causa verdadeira do motim?

O homem respondeu:

— A causa verdadeira do motim foi a falta de luz nos vagões.

O delegado olhou firme nos olhos do passageiro e continuou:

— Quem encabeçou o movimento?

Em meio da ansiosa expectativa dos presentes o homem revelou:

— Quem encabeçou o movimento foi um cego!

Quis jurar sobre a Bíblia mas foi imediatamente recolhido ao xadrez porque com a autoridade não se brinca.

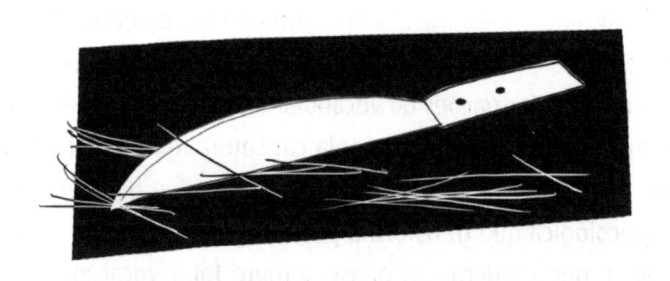

Apólogo brasileiro sem véu de alegoria

*Antônio de Alcântara Machado*

## Notícias do Brasil

Na mesma época em que Mário de Andrade compunha as histórias de Belazarte, havia em São Paulo outro escritor bastante empenhado na renovação estética da prosa e, especialmente, da narrativa curta. Antônio de Alcântara Machado não participou da Semana de Arte Moderna, mas logo se juntou aos vanguardistas. Em 1928, ao lado de Oswald de Andrade e Raul Bopp, esteve à frente da famosa *Revista de Antropofagia*, além de participar de outras duas publicações importantes do movimento — a *Terra Roxa e Outras Terras* e a *Revista Nova*. Enquanto seus companheiros se dedicaram sobretudo à poesia, Alcântara Machado optou exclusivamente pela prosa. E foi no campo da ficção que se tornou um dos autores mais típicos do Modernismo. Sua morte prematura, impedindo-lhe de dar novos rumos à sua obra, só veio acentuar essa identificação com a trepidante década de 1920.

O livro de estreia, *Pathé Baby*, compõe-se de crônicas e reportagens escritas em 1925, durante uma viagem do escritor à Europa. Conhecendo as culturas do Velho Continente, Alcântara Machado segue o exemplo do Oswald de Pau-Brasil e adere com entusiasmo ao país natal — a ponto de encerrar o livro com uma citação da "Canção do exílio", de Gonçalves Dias. Entretanto, em vez de se voltar para os índios e a natureza selvagem, preferiu focalizar o ambiente que conhecia bem e os personagens que naquele momento se impunham na selva paulistana: os imigrantes italianos espalhados pelas histórias de *Brás, Bexiga e Barra Funda*, cujo subtítulo é "Notícias de São Paulo".

O jornalista Juó Bananére e o desenhista Voltolino foram os inspiradores da literatura de Alcântara Machado. Com o primeiro ele aprendeu lições de "português macarrônico", isto é, a língua resultante da mistura do português com o italiano, com suas deformações de vocabulário, sintaxe e prosódia. Do segundo, herdou o gosto pelo traço rápido e pela caricatura, que lhe valeram diversas críticas, em virtude da tendência para o "pitoresco" e o "anedótico" (a simplificação psicológica que transforma personagens em tipos). De acordo com Alfredo Bosi, o que predominou quase sempre foi a vocação para o cômico, dissolvendo a identificação com as pobres criaturas, ou a visão sentimental, mas distante, de um escritor que olhava tudo de fora — um membro da aristocracia em passeio pelos bairros operários.

O *olhar de fora*, entretanto, era tudo o que almejava esse prosador que dizia não escrever contos e livros, mas apenas notícias e jornais. A observação, segundo ele, valia mais que a imaginação. Daí o realismo e a objetividade das suas histórias, sempre fiéis aos dados concretos. Do jornal e também do cinema — tão afeitos ao documental —, Alcântara Machado emprestou o grosso de seus procedimentos técnicos: a palavra direta e exata, a linguagem telegráfica, a divisão da narrativa em blocos, o ritmo descontínuo, a busca da simultaneidade etc. Seu desejo não era apenas contar, mas reproduzir o vertiginoso ambiente urbano. Isso explica a utilização de sinais gráficos, placas, cartazes, que dão às narrativas um caráter visual e imagético.

"A vida que vive na luz é o repórter o único a fixar", acrescenta o escritor ao comentar a tendência dos romancistas de ficarem "espiando para dentro". É a luz que atrai não só o protagonista, mas sobretudo o autor de "Apólogo brasileiro sem véu de alegoria", conto ambientado no Pará que saiu em 1929 nas páginas de *O Jornal*. Apesar de cego, o personagem identificado como *baiano velho* se recusa a viver apenas dentro de sua própria escuridão, considera que "a luz é necessária" e termina por liderar uma revolta no trem às escuras. O conto trata de modo explícito dos conhecidos defeitos atribuídos ao "caráter nacional": a preguiça, a passividade, a inconstância, a tendência a transformar tudo em festa e anarquia. Além de figurar no título, a referência ao brasileiro aparece outras duas vezes: "Brasileiro é bom, é amigo da paz, é tudo quanto quiserem: mas bobo não. Chega um dia e a coisa pega fogo". A linguagem é clara, a lição é direta. Trata-se de um iluminado "apólogo" e não de uma obscura "alegoria". Nada está encoberto: só não vê quem não quer.

E quem mais quer ver é o cego flautista, autor da marcha "Às armas, cidadãos!", que ele toca durante a rebelião. Do começo ao fim, o conto apresenta paradoxos e piadas, evitando tratar com seriedade a revolta que tampouco se leva a sério. No final, a indignação vira alegria, o próprio cego pula de contente e o povo de Belém vibra com a história, enquanto o narrador igualmente se diverte. Modernista como o poema-piada, o apólogo de Alcântara Machado ri da alegria brasileira que, a despeito da vida difícil, se mantém *ad eternum*, mesmo com toda a escuridão.

**MARQUES REBELO** (pseudônimo de Edi Dias da Cruz) nasceu em 1907, no Rio de Janeiro. Passou a infância entre os bairros cariocas de Vila Isabel e Trapicheiro e a cidade mineira de Barbacena. Estudou Medicina, mas logo abandonou o curso para trabalhar no comércio. Foi membro da Academia Brasileira de Letras. Morreu no Rio, em 1973.

**Principais obras.** Oscarina (1931); Marafa (1935); A estrela sobe (1938); Stela me abriu a porta (1942); O trapicheiro (1959); A mudança (1963); A guerra está em nós (1969).

# Na rua Dona Emerenciana

## Marques Rebelo

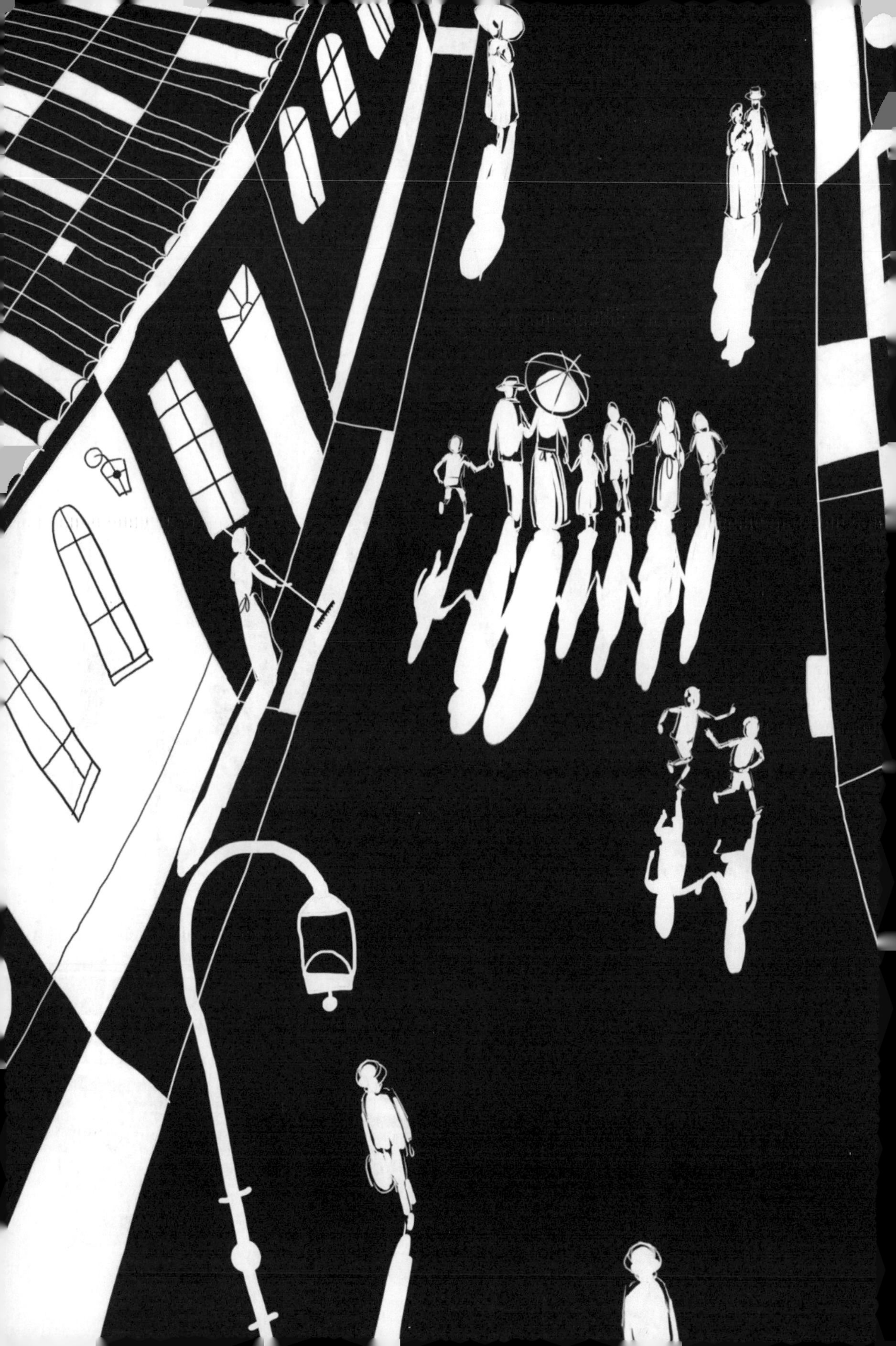

Como era dia de pagamento no Tesouro, chegou em casa mais cedo que de costume, não eram ainda duas horas batidas no carcomido relógio de parede, cujas pancadas lentas soavam como um ranger de ferros velhos. O pintassilgo debicava a cuiazinha de alpiste. Descansou os embrulhos em cima da mesa nua, ocasionando um voo precipitado de moscas, dobrou o jornal com cuidado, obedecendo às suas dobras naturais, e escovava o chapéu, preto e surrado, quando dona Veva, pressentindo-o, perguntou da cozinha:

— Você recebeu, Jerome?

— Recebi, filha — respondeu pendurando o feltro no cabide de bambu japonês, que atulhava o canto da sala, por baixo duma tricromia, toscamente emoldurada, representando o interior dum submarino inglês em atividade na Grande Guerra.

— E trouxe tudo?

— Menos o pé de anjo da Juju porque me esqueci do número.

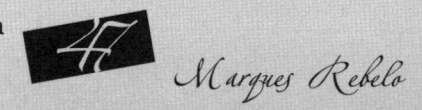

— Trinta e sete e de florinhas, vê lá se vai esquecer outra vez, seu cabeça de galo!... Olha que ela já faltou ontem e hoje à escola por não ter sapatos. A professora até mandou saber por uma colega se ela estava doente.

Não havia meio do garfo tomar brilho. A galinha cacarejou no terreirinho cimentado. Dona Veva se esforçava passando pó de tijolo e o diabinho da Fifina a bulir nos talheres.

— Tira a mão daí, menina, que você se corta!

Seu Jerome tossia, admirava o pintassilgo:

— Que é isso, seu marreco, então passarinho de papo cheio não canta?

Dona Veva virou-se:

— E a Venosina, achou?

— No Gesteira não tinha, comprei no Pacheco mesmo: treze e quinhentos!

Dona Veva emudeceu com o preço: treze e quinhentos! Abriu a torneira toda para lavar a panela. Seu Jerome, pigarreando no fundo da alcova, trocava os sapatos pelos chinelos de corda com âncoras bordadas.

— Pode botar o café.

A Fifina saiu que nem foguete para ir buscar pão na padaria.

— É preciso pagar a seu Salomão sem falta — continuou dona Veva. — Ele já veio ontem, que era o dia marcado, eu pedi desculpas, que você não tinha recebido ainda, o pagamento andava atrasado — por causa dos feriados, expliquei — e marquei para passar hoje. Tinha me esquecido de avisar. Fiz mal?

— Não, Veva. Quanto é?

— Assim de cabeça não sei, meu filho, só fazendo as contas. Espere um pouquinho que eu já vou ver.

Enxugou as mãos ásperas no pano de pratos muito encardido, guardou a louça no bufê enfeitado com papel de seda verde e recortado, ele acavalou o pincenê azinhavrado no nariz flácido, e sentaram à mesa com o caderno das despesas, exatamente quando a Fifina voltava com o pão, suada e esbaforida.

Seu Azevedo, vizinho, um bom homem, de tardinha, palito nos dentes e paletó de pijama listrado, vinha com a Lúcia e a Ninita, as pequenas, gozar a fresca — digam lá o que disserem, não há como os subúrbios para uma boa fresca! — comentar a *Esquerda* com seu Jerome, dar dois dedos de prosa com a comadre, perguntar pela entrevadinha, sempre da mesma maneira: e como vai a titia? — porque era ela uma tia velhinha e paralítica, que seu Jerome abrigava e prodigalizava mudos cuidados. Mas, se seu Azevedo era bom, era irredutível a respeito dos políticos, "todos eles uns grandessíssimos piratas".

— Uma calamidade, meu compadre, é o que eu lhe digo, uma calamidade. Tudo perdido. Sim, perdido! Não tem que estranhar a expressão. Que é feito da dignidade? E da honestidade? Leia os jornais, veja, e me responda! Não há mais brio, não há mais nada! Uma caterva de ladrões! Só ladrões! E os políticos? Ah! Ah! Ah! Num país assim, só Lampião como presidente, Jerome. Lampião, ouviu? Lampião!

Parou vermelho e ofegante. Vinha do morro, salpicado de casebres e de roupas a secar, uma brisa ligeira que trazia a cega-rega duma última cigarra escondida no colorido vivo duma acácia imperial. Seu Jerome ria: êh! êh! êh! — risada pálida, quase forçada, curta, êh! êh! êh! afinal a sua risada. A cigarra parou. Diminuiu a brisa. Dois pombos domésticos pousaram no telhado. As meninas estavam prestando atenção ao rapaz que passava, de lá para cá, no portão da avenida, fumando e lançando olhares furtivos.

— Para mim é o louro, com cara de alemão, que nos seguiu domingo até aqui, quando saímos da matinê — falou baixo a Ninita, disfarçando.

— Será? — fez a outra, duvidando. — Qual o quê. O outro tinha a cara chupada e não andava assim.

— É porque você não prestou atenção.

— Se papai desconfia...

— Boba.

O pai declamava a pouca-vergonha na Recebedoria. Pois não sabia? Seu Jerome conhecia por alto a encrenca do Martins, o que fazia versos, desviando cerca de vinte contos. Não sabe da missa a metade, meu caro! Eu sei, eu sei. Relatou, tim-tim por tim-tim, o caso do desfalque, os nomes dos comprometidos, as intrigas, as costas quentes dos protegidos, o cinismo dos capachos negando tudo.

Dona Veva chegou à janela, cabelo cortado, grisalho e maltratado, a falta de dentes abrindo-lhe no queixo curto uma ruga funda, impressionada, um tanto, com a demora da Judite que tinha ido à cidade levar uma encomenda de bordados. Só se madame Franco não estava em casa e ela ficou esperando...

Mãos nos bolsos da calça, abrindo no meio da calçadinha as pernas esguias e ossudas, seu Azevedo dirigiu-se a ela:

— E nós é que sofremos. Nós!...

Dona Veva se espantou: Nós? Ora essa! Por quê? — ia perguntar. Mas seu Azevedo, fechando a cara, prosseguiu:

— É triste, muito triste... — e entrou a falar com abundância, com ódio, com rancor, do estado de coisas que os punha pequenos e pisados — pisados, sim senhora, é a expressão: pisados! — pelos grandes, sem esperança, sem oportunidades, sem direito a um destino, meros fantoches nas mãos hílares dos ousados e favorecidos.

— Boa tarde, vizinhos!... — Dona Pequetita, casadinha de novo, cumprimentou, muito mesureira, apontando no alpendre, com sua caixa de costuras para, esperando o marido, aproveitar ainda mais um pouco a luz do sol que se ia.

Responderam, e seu Azevedo resumiu com indiferença, talvez com bondade, acariciando o bigode:

— Este mundo é uma bola, dona Veva. Este mundo é um circo...

Dona Veva, esfolando os cotovelos na janela, não ouviu bem (a voz do seu Azevedo era rouca) e ficou, com vergonha de perguntar, sem saber se o mundo era um circo ou se era um círculo. Então mudou de assunto perguntando se dona Maria andava melhor do reumatismo com a receita do espírita. Seu Azevedo tinha aquele defeito — gostava de falar em doenças. Pegou no reumatismo da mulher — até agora nada de melhoras, comadre, enfim... — e não parou mais.

— Sabe duma coisa? — arregalou os olhos de tal jeito que a comadre foi obrigada a dizer alto que não. — O Miranda, aquele magro, que vinha sempre comigo no bonde, não se lembra?

— Magro?

— Sim, um que não largava o sobretudo, pai da Tudinha, uma menina muito acanhada, que vinha às vezes brincar com a Ninita.

— Ah!

— Pois é. Não dura muito o pobre, é o que lhe digo. Tome nota! Também... — balançava a cabeça tristíssimo. — E o Souza, conhece? Coitado!... Já não anda mais. Nem respira; dá uns arrancos, hum, hum, hum, — e imitava — que corta o coração da gente. A arteriosclerose está adiantadíssima. Foi o médico mesmo que me disse, muito em particular, está visto, me fiz de surpreso — oh! — mas bem que eu estava vendo. Passa maus pedaços a filha, e ele só tem essa filha, que a mulher morreu na espanhola, ótima criatura, e que doceira de mão-cheia! Sozinha, imagine, e para tudo. É uma abnegada! Nem calcula o carinho com que ela trata o pai. Sensibiliza.

Limpinhos, penteadinhos, os dois meninos da penúltima casa, uma gente do Paraná, saíram para brincar na porta.

— Cuidado, hem? E nada de correrias — aconselhou a mãe, pondo severidade na voz melosa.

Seu Azevedo deu um passo para o lado, desfranziu os beiços:

— Mas para mim é um caso perdido, infelizmente. Uma

bela alma, o Souza!... E olhe que é muito mais moço do que eu. Em 85... Em 85, não, minto. Espere... — batia com o indicador na boca fechada como em sinal de silêncio — em 86, quando eu estava morando com o Fagundes, o José Carlos Fagundes, você se lembra dele, ó Jerome?

O risinho esboçado pelo Jerome era maldoso: Se me lembro! Patife...

Dona Veva ouvia. Padecia. Uma falta de ar, uma opressão no peito, como um peso que cada vez fosse pesando mais, uma falta de vontade, o corpo dolorido ao se levantar e as veias inchando dia a dia.

Venosina era um sacrifício, um vidrinho com trinta pílulas, ela já contara, treze e quinhentos para quem quiser e que se há de fazer se era preciso? Tomava-a só na hora do jantar para durar mais tempo. Era um recurso, além das promessas fervorosas a N. S. do Perpétuo Socorro, pois tinha cinco crianças para criar. De vez em quando, ficava pensando numa sorte grande providencial, comprava bilhetes na mão do seu Pascoal, que já vendera muitos, saíam brancos, se enchia de fundas melancolias. Por que não tirava? perguntava a si própria, suspirando, batendo roupa no tanque, que o Alfredo com essa história de futebol sujava calças que era um horror. Que terei eu feito a Deus para que ele não me ajude? pensava. Ah, se tivesse tirado!... Um final tão bonito, jacaré, que é o pai dos pobres... Não diria a ninguém, só ao Jerome, poria tudo na Caixa Econômica rendendo, nem um tostão para ela; mas gozaria como se tivesse gasto todo — estaria garantido o futuro dos filhos. Já não lhe sentiriam tanto a falta se morresse, pois assim o Jerome teria com que educá-los, pondo-os internos num bom colégio. Mas nada. Fazia planos menores, quando vinha o namorado da Juditinha, muito simples, muito bonzinho e impagável, conversar, contar casos do escritório, que matavam a namorada de tanto riso. Rogava a Deus, envolvendo-os num mesmo olhar, que ajudasse a ele no seu emprego, para poder ganhar mais e se casar logo. Não fazia mal que fossem tão crianças; ele era muito amoroso e muito esforçado, ela tinha bastante juízo, sem luxos, muito caseira.

E Juditinha tardando.

Sentia-se cheia de sustos. Teria acontecido alguma coisa? Esticava o pescoço na esperança de vê-la dobrar o portão. Fora com o vestido vermelho de bolinhas. É agora. Nada. Só se madame Franco...

Seu Azevedo falava ainda, virado para seu Jerome, dos sofrimentos do Melo, o bexigoso, proprietário na zona, que consultara todas as sumidades sem que nenhuma lhe tivesse dado volta.

A trepadeira boa-noite que se pendurava no muro, meio derrubado, abria a medo as brancas flores singelas. Já passara o "profeta", esquelético e diligente, acendendo os lampiões a gás, luz amortecida, amarela e silvante, onde mariposas pardas vinham morrer. Ali e acolá, no capinzal, que durante o dia era batido pelos mata-mosquitos à procura de focos, brilhavam, por um instante, luzes azuis de vaga-lumes e a Maria Heloísa, a filha do dentista Guimarães, no piano, começava a tocar a valsa do "Pagão" para o noivo ouvir. Surgiu a lua.

Vozes abafadas se misturavam, o cachorro late, raivoso, encarcerado no chuveiro, cintila no céu alto uma única estrela e faz frio; vai pouco além de cinco horas e escurece, quase noite tão cedo, que o inverno é chegado. Resmungando, o cocheiro, encartolado, a sobrecasaca coberta de nódoas, fustigou os animais e o enterro partiu, entre o sussurro dos curiosos que se apinhavam no portão da vila, dois automóveis atrás acompanhando.

Dona Veva não teve lágrimas para chorar. Parece incrível, meu Deus! — e atirou-se à toa na cadeira austríaca, que rangeu, ficou como anestesiada na sala estreita, de janelas cerradas, cheirando a flores e a cera, pensando no seu Jerome, que se fora para sempre, tão bom, tão seu amigo, nos seus últimos cuidados, a voz quase imperceptível, se extinguindo: Veva, cuida do montepio! — o montepio que deixara, cento e vinte e cinco mil-réis, que o senhorio levaria todo, e ainda faltaria.

Quem poderia ajudá-la agora? A Aninha, sua irmã, casada com o dr. Graça, que estava tão bem? A Porcina, que ficara viúva e sem filhos com a padaria que lhe rendia um dinheirão? Nem ao enterro tinham vindo. Nem umas simples flores mandaram para o cunhado que tanto lhes servira. Ah, meu Jerome!... Lá estava ele, a sorrir em cima do porta-bibelôs, entre um anjinho de asa quebrada e um prato com cartões-postais se desbotando. Lá estava ele a sorrir, no retrato, junto dela — que felizes! — no dia do casamento. Ele em pé, de preto, o bigode retorcido, a mão sobre o ombro dela, sentada, um grande buquê contra o peito, a saia branca, comprida, a lhe cobrir pudicamente os pés.

Seu Azevedo que dera, infatigável, as providências para o enterro — o homenzinho da Santa Casa tinha sido um grosseirão — e que mandara uma coroa de biscuí em nome das meninas e da mulher de cama, coitada, com o choque, veio consolá-la, a voz mais rouca, comovido:

— Que a vida, a senhora sabe, dona Veva, era aquilo mesmo. A questão era não fraquejar, ter coragem, ser forte. E sempre não o fora? Ah, dona Veva, é doloroso, é muitíssimo doloroso, dona Veva, é terrível, eu sinto, pode crer — e batia no peito cavernoso palmadas surdas — mas é preciso ter coragem! A vida não se acaba pela morte dum soldado. A vida, não, a guerra. Guerra, luta, vida... — seu Azevedo se atrapalhou.

A paralítica, na cadeira de rodas, plantada no meio da cozinha (estava se vendo da sala), sacudida pelos soluços como um molambo esquecido, pensava com heroísmo na tristeza do asilo, tendo um bolo de crianças, choramingando talvez sem saber por quê, pendurado nas suas saias pretas, castas, que escondiam umas pobres pernas sem vida.

A mosca impertinente traçou dois volteios no ar e seu Azevedo continuou:

— Ele se foi, é o nosso destino, comadre, uma vontade suprema a que nada podemos opor, e como era bom com Deus está. Mas não a deixou sozinha, pense bem. E os filhinhos? E...

Dona Veva espantou os olhos gastos para seu Azevedo, que emudeceu, e, quando pensou nos seus cinco filhos, aí é que ela viu mesmo que estava sozinha e de mãos para o céu começou a gritar.

# A dura poesia do subúrbio

No bonde da Tijuca, o memorialista Pedro Nava certa vez encontrou Marques Rebelo. Quando lhe perguntaram o que fazia o escritor carioca, Nava respondeu: "Estava compreendendo muito". Resumia aí uma das características essenciais do autor de *Marafa* e *A estrela sobe*: a capacidade de olhar tudo ao redor, de se aproximar do povo e da cidade do Rio de Janeiro — sobretudo dos pobres moradores do subúrbio —, compreendendo-os com uma visão que, embora carregasse o veneno da ironia, era quase sempre terna e profundamente interessada.

Marques Rebelo "era um diabo miudinho, de língua solta e coração escondido", nas palavras do poeta Carlos Drummond de Andrade. Exatamente para disfarçar a emoção é que usava sua veia irônica. A língua podia ser solta (irascível), mas a linguagem que empregou na sua arte literária era comedida e calculada. Daí a admiração de Graciliano Ramos, que segundo o escritor Josué Montello gostava de recitar, nos fundos da Livraria José Olympio, passagens do conto "Na rua Dona Emerenciana". Para esses dois representantes do *novo realismo* da década de 1930, a ternura com o povo não tinha nada de populista, sendo equilibrada com notável distanciamento. Lirismo, para ambos, não se confundia com sentimentalismo.

Antes de publicar *Oscarina*, seu livro de estreia, o jovem Marques Rebelo apareceu em muitas revistas dos anos 1920, com textos cheios de "cacoetes modernistas". Embora tenha participado do movimento, defendeu sempre o cultivo da tradição. Na opinião dos críticos, sua obra mantém vínculos ainda maiores com escritores mais antigos, cariocas como ele e pertencentes à mesma linhagem da prosa urbana: Manuel Antônio de Almeida, Machado de Assis e Lima Barreto. Fora da literatura, há a afinidade bastante comentada com Noel Rosa, também nascido na Vila Isabel. Sua "poesia dos bairros" lembra muito o subúrbio "onde o sol é triste", cantado pelo sambista. Um mundo de sofrimentos onde até mesmo o ideal mais básico de felicidade — o desejo de poder criar os filhos — se inclui fatalmente entre os destinos malogrados, expostos como uma verdadeira obsessão nas páginas de Marques Rebelo.

"Não há como os subúrbios para uma boa fresca!", diz um dos personagens do conto "Na rua Dona Emerenciana", justamente o mais revoltado com essa vida "sem direito a um destino" e com o "estado de coisas que os punha pequenos e pisados". Com efeito, embora do morro se vejam vaga-lumes, flores singelas e a lua no céu, não há nada na tristeza desse cenário — nem um ser, nem um objeto — que não apareça cinzento, maltratado, tosco, carcomido, apodrecido, gasto... A narrativa conta apenas os dias corriqueiros de uma vida de pobre: o festejado dia do casamento, o ansiado dia do pagamento, o tenebroso dia do enterro. A preocupação de dona Veva é o futuro dos filhos. Mas como fazer depois da morte do marido? E o narrador parece ampliar a dúvida: que futuro? A pergunta importa muito neste mundo que não é um circo, é um círculo, um inferno que parece não ter saída — especialmente "num país assim".

Ações banais e sofrimentos comuns (mas dolorosos) recebem um tratamento depurado, clássico. Nenhum detalhe escapa, e nada se desperdiça. A descrição miúda do cenário e dos objetos — o cabide, a tricromia, os chinelos, o porta-bibelôs, o anjinho de asa quebrada — compõe não apenas o ambiente, mas a própria psicologia dos personagens, que também se revelam inteiros na vivacidade dos diálogos. Na literatura de Marques Rebelo um simples "bom-dia", conforme observou Mário de Andrade, é pleno de significação. O narrador se intromete em tudo, misturando imagens, descrições, ideias dos personagens, reflexões próprias etc. Sua voz alterna-se com as de suas criaturas, numa simultaneidade de discursos narrativos — direto, indireto, indireto livre —, tanto mais espantosa porque não causa nenhuma confusão ao leitor. A despeito dos requintes técnicos, a comunicação é sempre imediata.

O efeito contrastante que a mobilidade da narração produz diante da monotonia da matéria narrada guarda estreita relação com o paradoxo central dessa literatura: a tensão entre lirismo e ironia. Segundo Marques Rebelo, "não há lugar no mundo para a ternura". Ao mesmo tempo que corrige os excessos emocionais, o humor também parece ser um protesto contra a falta de sentimento no mundo. Ao focalizar o morro pré-industrial e não cosmopolita, o que sua obra revela é a nostalgia do Rio antigo — cidade simples, "rural" e poética, que acabou em ruínas, como a paisagem desbotada do subúrbio.

Marisa Martin

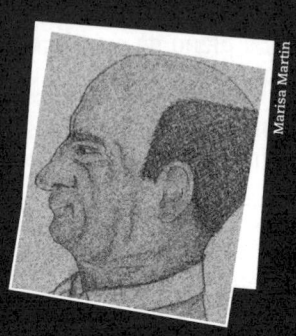

**João Alphonsus de Guimaraens** nasceu em 1901 em Conceição do Mato Dentro (MG). Fez seus primeiros estudos em Mariana (MG) e, aos 17 anos, passou a residir na capital mineira, onde se formou em Direito. Foi promotor de Justiça e Procurador Geral do Estado. Morreu em Belo Horizonte, em 1944.

**Principais obras:** *Galinha cega* (1931); *Totônio Pacheco* (1934); *Rola-Moça* (1938), *Pesca da Baleia* (1942); *Eis a noite!* (1943).

Galinha cega

João Alphonsus

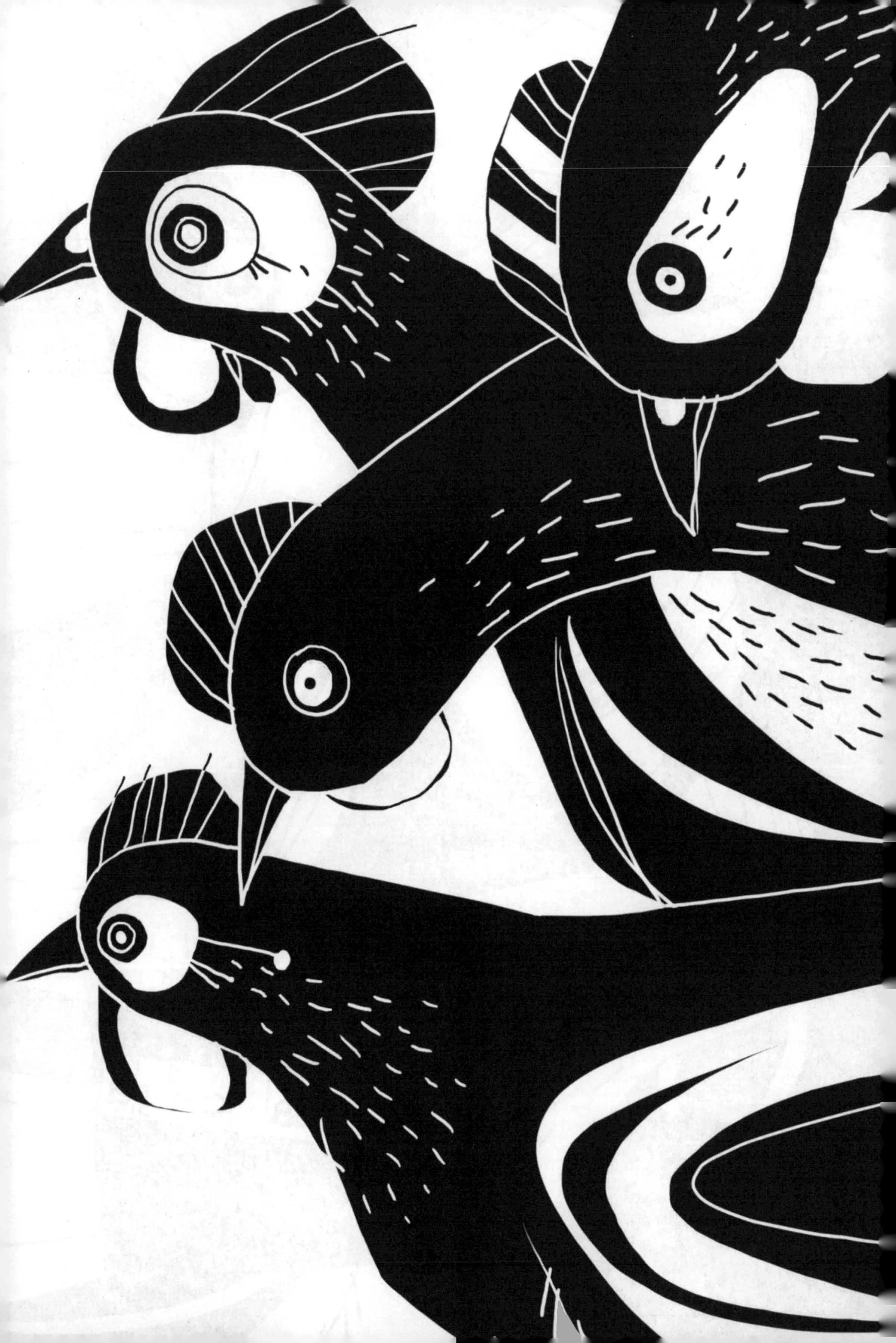

Na manhã sadia, o homem de barbas poentas, entronado na carrocinha, aspirou forte. O ar passava lhe dobrando o bigode ríspido como a um milharal. Berrou arrastadamente o pregão molengo:

— Frangos BONS E BARATOS!

Com as cabeças de mártires obscuros enfiadas na tela de arame os bichos piavam num protesto. Não eram bons. Nem mesmo baratos. Queriam apenas que os soltassem. Que lhes devolvessem o direito de continuar ciscando no terreiro amplo e longe.

— Psiu!

Foi o cavalo que ouviu e estacou, enquanto o seu dono terminava o pregão. Um bruto homem de barbas brancas na porta de um barracão chamava o vendedor cavando o ar com o braço enorme.

Quanto? Tanto. Mas puseram-se a discutir exaustivamente os preços. Não queriam por nada chegar a um acordo. O vendedor era macio. O comprador brusco.

— Olhe esta franguinha branca. Então não vale?

— Está gordota... E que bonitos olhos ela tem. Pretotes... Vá lá!

O homem de barbas poentas entronou-se de novo e persistiu em gritar pela rua que despertava:

— Frangos BONS E BARATOS!

Carregando a franga, o comprador satisfeito penetrou no barracão.

— Olha, Inácia, o que eu comprei.

A mulher tinha um eterno descontentamento escondido nas rugas. Permaneceu calada.

— Olha os olhos. Pretotes...

— É.

— Gostei dela e comprei. Garanto que vai ser uma boa galinha.

— É.

No terreiro, sentindo a liberdade que retornava, a franga agitou as penas e começou a catar afobada os bagos de milho que o novo dono lhe atirava divertidíssimo.

⌒

A rua era suburbana, calada, sem movimento. Mas no alto da colina dominando a cidade que se estendia lá embaixo cheia de árvores no dia e de luzes na noite. Perto havia moitas de pitangueiras a cuja sombra os galináceos podiam flanar à vontade e dormir a sesta.

A franga não notou grande diferença entre a sua vida atual e a que levava em seu torrão natal distante. Muito distante. Lembrava-se vagamente de ter sido embalaiada com companheiros mal-humorados. Carregaram os balaios a trouxe-mouxe para um galinheiro sobre rodas, comprido e distinto, mas sem poleiros. Houve um grito lá fora, lancinante, formidável. As paisagens começaram a correr nas grades, enquanto o galinheiro todo se agitava, barulhando e rangendo por baixo. Rolos de fumo rolavam com um cheiro paulificante. De longe em longe as paisagens paravam. Mas novo grito e elas de novo a correr.

Na noitinha sumiram-se as paisagens e apareceram fagulhas. Um fogo de artifício como nunca vira. Aliás ela nunca tinha visto um fogo de artifício. Que lindo, que lindo. Adormecera numa enjoada madorna...

Viera depois outro dia de paisagens que tinham pressa. Dia de sede e fome.

Agora a vida voltava a ser boa. Não tinha saudades do torrão natal. Possuía o bastante para sua felicidade: liberdade e milho. Só o galo é que às vezes vinha perturbá-la incompreensivelmente. Já lá vinha ele, bem elegante, com plumas, forte, resoluto. Já lá vinha. Não havia dúvida que era bem bonito. Já lá vinha... Sujeito cacete.

O galo — có, có, có – có, có, có — rodeou-a, abriu a asa, arranhou as penas com as unhas. Embarafustaram pelo mato numa carreira doida. E ela teve a revelação do lado contrário da vida. Sem grande contrariedade a não ser o propósito inconscientemente feminino de se esquivar, querendo e não querendo.

— A melhor galinha, Inácia! Boa à beça!
— Não sei por quê.
— Você sempre besta! Pois eu sei...
— Besta! besta, hein?
— Desculpe, Inácia. Foi sem querer. Também você sabe que eu gosto da galinha e fica me amolando.
— Besta é você!
— Eu sei que eu sou.

Ao ruído do milho se espalhando na terra, a galinha lá foi correndo defender o seu quinhão, e os olhos do dono descansaram em suas penas brancas, no seu porte firme, com ternura. E os olhos notaram logo a anormalidade. A branquinha — era o nome que o dono lhe botara — bicava o chão doidamente e raro alcançava um grão. Bicava quase sempre a uma pequena distância de cada bago de milho e repetia o golpe, repetia com desespero, até catar um grão que nem sempre era aquele que visava.

O dono correu atrás de sua branquinha, agarrou-a, lhe examinou os olhos. Estavam direitinhos, graças a Deus, e muito pretos. Soltou-a no terreiro e lhe atirou mais milho. A galinha continuou a bicar o chão desorientada. Atirou ainda mais, com paciência, até que ela se fartasse. Mas não conseguiu com o gasto de milho, de que as outras se aproveitaram, atinar com a origem daquela desorientação. Que é que seria aquilo, meu Deus do céu. Se fosse efeito de uma pedrada na cabeça e se soubesse quem havia mandado a pedra, algum moleque da vizinhança, ai... Nem por sombra pensou que era a cegueira irremediável que principiava.

Também a galinha, coitada, não compreendia nada, absolutamente nada daquilo. Por que não vinham mais os dias luminosos em que procurava a sombra das pitangueiras? Sentia ainda o calor do sol, mas tudo quase sempre tão escuro. Quase que já não sabia onde é que estava a luz, onde é que estava a sombra.

Foi assim que, certa madrugada, quando abriu os olhos, abriu sem ver coisa alguma. Tudo em redor dela estava preto. Era só ela, pobre, indefesa galinha, dentro do infinitamente preto; perdida dentro do inexistente, pois que o mundo desaparecera e só ela existia inexplicavelmente dentro da sombra do nada. Estava ainda no poleiro. Ali se anularia, quietinha, se fanando quase sem sofrimento, porquanto a admirável clarividência dos seus instintos não podia conceber que ela estivesse viva e obrigada a viver, quando o mundo em redor se havia sumido.

Porém, suprema crueldade, os outros sentidos estavam atentos e fortes no seu corpo. Ouviu que as outras galinhas desciam do poleiro cantando alegremente. Ela, coitada, armou um pulo no vácuo e foi cair no chão invisível, tocando-o com o bico, pés, peito, o corpo todo. As outras cantavam. Espichava inutilmente o pescoço para passar além da sombra. Queria ver, queria ver! Para depois cantar.

Galinha cega

65

João Alphonsus

As mãos carinhosas do dono suspenderam-na do chão.
— A coitada está cega, Inácia! Cega!
— É.
Nos olhos raiados de sangue do carroceiro (ele era carroceiro) boiavam duas lágrimas enormes.

⁓

Religiosamente, pela manhãzinha, ele dava milho na mão para a galinha cega. As bicadas tontas, de violentas, faziam doer a palma da mão calosa. E ele sorria. Depois a conduzia ao poço, onde ela bebia com os pés dentro da água. A sensação direta da água nos pés lhe anunciava que era hora de matar a sede; curvava o pescoço rapidamente, mas nem sempre apenas o bico atingia a água: muita vez, no furor da sede longamente guardada, toda a cabeça mergulhava no líquido, e ela a sacudia, assim molhada, no ar. Gotas inúmeras se espargiam nas mãos e no rosto do carroceiro agachado junto do poço. Aquela água era como uma bênção para ele. Como a água benta, com que um Deus misericordioso e acessível aspergisse todas as dores animais. Bênção, água benta, ou coisa parecida: uma impressão de doloroso triunfo, de sofredora vitória sobre a desgraça inexplicável, injustificável, na carícia dos pingos de água, que não enxugava e lhe secavam lentamente na pele. Impressão, aliás, algo confusa, sem requintes psicológicos e sem literatura.

Depois de satisfeita a sede, ele a colocava no pequeno cercado de tela separado do terreiro (as outras galinhas martirizavam muito a branquinha) que construíra especialmente para ela. De tardinha dava-lhe outra vez milho e água, e deixava a pobre cega num poleiro solitário, dentro do cercado.

Porque o bico e as unhas não mais catassem e ciscassem, puseram-se a crescer. A galinha ia adquirindo um aspecto irrisório de rapace, ironia do destino, o bico recurvo, as unhas aduncas. E tal crescimento já lhe atrapalhava os passos, lhe impedia o comer e beber. Ele notou mais essa miséria e, de vez em quando, com a tesoura; aparava o excesso de substância córnea no serzinho desgraçado e querido.

Entretanto, a galinha já se sentia de novo quase feliz. Tinha delidas lembranças da claridade sumida. No terreiro plano ela podia ir e vir à vontade até topar a tela de arame, e abrigar-se do sol debaixo do seu poleiro solitário. Ainda tinha liberdade — o pouco de liberdade necessário à sua cegueira. E milho. Não compreendia nem procurava compreender aquilo. Tinham soprado a lâmpada e acabou-se. Quem tinha soprado não era da conta dela. Mas o que lhe doía fundamente era já não poder ver o galo de plumas bonitas. E não sentir mais o galo perturbá-la com o seu có-có-có malicioso. O ingrato.

Em determinadas tardes, na ternura crescente do parati, ele pegava a galinha, após dar-lhe comida e bebida, se sentava na porta do terreiro e começava a niná-la com a voz branda, comovida:

— Coitadinha da minha ceguinha!
— Tadinha da ceguinha...

Depois, já de noite, ia botá-la no poleiro solitário.

De repente os acontecimentos se precipitaram.

— Entra!
— Centra!

A meninada ria a maldade atávica no gozo do futebol originalíssimo. A galinha se abandonava sem protesto na sua treva à mercê dos chutes. Ia e vinha. Os meninos não chutavam com tanta força como a uma bola, mas chutavam, e gozavam a brincadeira.

O carroceiro não quis saber por que é que a sua ceguinha estava no meio da rua. Avançou como um possesso com o chicote que assoviou para atingir umas nádegas tenras. Zebrou carnes nos estalos da longa tira de sola. O grupo de guris se dispersou em prantos, risos, insultos pesados, revolta.

⸺

— Você chicoteou o filho do delegado. Vamos à delegacia.

⸺

Quando saiu do xadrez, na manhã seguinte, levava um nó na garganta. Rubro de raiva impotente. Foi quase que correndo para casa.
— Onde está a galinha, Inácia?
— Vai ver.
Encontrou-a no terreirinho, estirada, morta! Por todos os lados havia penas arrancadas, mostrando que a pobre se debatera, lutara contra o inimigo, antes deste abrir-lhe o pescoço, onde existiam coágulos de sangue...
Era tão trágico o aspecto do marido que os olhos da mulher se esbugalharam de pavor.
— Não fui eu não! Com certeza um gambá!
— Você não viu?
— Não acordei! Não pude acordar!
Ele mandou a enorme mão fechada contra as rugas dela.
A velha tombou nocaute, mas sem aguardar a contagem dos pontos escapuliu para a rua gritando: — Me acudam!

⸺

Quando de novo saiu do xadrez, na manhã seguinte, tinha açambarcado todas as iras do mundo. Arquitetava vinganças tremendas contra o gambá. Todo gambá é pau-d'água. Deixaria uma gamela com cachaça no terreiro. Quando o bichinho se embriagasse, havia de matá-lo aos poucos. De-va-ga-ri-nho. GOSTOSAMENTE.

⸺

De noite preparou a esquisita armadilha e ficou esperando. Logo pelas 20 horas o sono chegou. Cansado da insônia no xadrez, ele não resistiu. Mas acordou justamente na hora precisa, necessária. À porta do galinheiro, ao luar leitoso, junto à mancha redonda da gamela, tinha outra mancha escura que se movia dificilmente.

Foi se aproximando sorrateiro, traiçoeiro, meio agachado, examinando em olhadas rápidas o terreno em volta, as possibilidades de fuga do animal, para destruí-las de pronto, se necessário. O gambá fixou-o com os olhos espertos e inocentes, e começou a rir:

— Kiss! kiss! kiss!

(Se o gambá fosse inglês com certeza estaria pedindo beijos. Mas não era. No mínimo estava comunicando que houvera querido alguma coisa. Comer galinhas por exemplo. Bêbado.)

O carroceiro examinou o bichinho curiosamente. O luar, que favorece os surtos de raposas e gambás nos galinheiros, era esplêndido. Mas apenas tocou-o de leve com o pé, já simpatizado:

— Vai embora, seu tratante!

O gambá foi indo tropegamente. Passou por baixo da tela e parou olhando para a lua. Se sentia imensamente feliz o bichinho e começou a cantarolar imbecilmente, como qualquer criatura humana:

— *A lua como um balão balança!*
*A lua como um balão balança!*
*A lua como um bal...*

E adormeceu de súbito debaixo de uma pitangueira.

## Outra rua suburbana

Na ficção do mineiro João Alphonsus, a periferia humilde das grandes cidades — o lado oculto e atrasado da modernização — volta a mostrar seu poder de atração sobre os prosadores do Modernismo. Com seu espírito livre e avançado, o filho do poeta simbolista Alphonsus de Guimaraens estava destinado a ter um papel importante na chamada fase heroica do movimento.

Sua formação começou cedo, em Mariana, assimilando no convívio com o pai lições de literatura francesa. Aos dezessete anos, o escritor passou a residir em Belo Horizonte, onde se tornou amigo de jovens literatos que depois se tornariam célebres, como Carlos Drummond de Andrade, Emílio Moura e Pedro Nava.

No começo, influenciado pelo Simbolismo, João Alphonsus só escrevia versos. Depois trocou a poesia pelos contos e romances. Seguindo o exemplo de Mário de Andrade, dispôs-se a revirar a sintaxe lusitana, incorporou com intimidade a fala coloquial, cometeu "erros gramaticais", inventou palavras etc. O que importava era "escrever brasileiramente sobre temas brasileiros". Nos romances, o ficcionista testemunha as transformações que ocorriam na jovem capital mineira de apenas trinta mil habitantes — cidade de planejamento moderno escassamente habitada por gente do interior. Nos contos, ele se divide entre a prosa urbana e a regionalista, focalizando sempre os mistérios do cotidiano e o sofrimento dos homens simples, dos pobres, dos bichos.

João Alphonsus usa uma linguagem equilibrada, construída com paciência e rigor. A narrativa se desenvolve sem pressa, metodicamente, como se fosse uma conversa mole de repartição. Nem sempre o autor relata acontecimentos. Muitas vezes prefere observar a vida interior dos personagens. Numa prosa cheia de recursos poéticos, revela a beleza misteriosa que existe nas coisas banais. Essa era a matéria-prima de seus contos, conforme notou José Lins do Rego: "as pequenas coisas, aquilo que era, porém, substância da alma, os incidentes que olhos vulgares não viam, este escritor, de verdadeiro senso de humor, transformava em matéria de conto ou romance que nos abafava pela ternura, ou pela maldade, pela dor que continha".

Pobres e desamparados, seus personagens vivem no sertão ou nos arredores da capital. E ninguém traduz a simplicidade e o abandono tão completamente quanto os bichos, que merecem um carinho especial: a galinha cega, o burro Mansinho, o gato Sardanapalo... Nas páginas mais belas de sua obra, João Alphonsus sugere que não há diferença entre a miséria dos homens e a dor silenciosa dos animais, que também sentem e pensam. Alguns contos são pesadelos macabros. Em outros, o que chama atenção é a visão poética e o amor profundo do artista por suas criaturas. Na expressão de Drummond, João Alphonsus criou "uma literatura humana, terrivelmente, miudamente, dolorosamente humana".

"Galinha cega" foi publicado pela primeira vez em 1926 na revista *Terra Roxa e Outras Terras*. Admirado por Mário de Andrade e Antônio de Alcântara Machado, o conto teve uma carreira brilhante e chegou a ser apontado como "um dos melhores espécimes do gênero na literatura universal". É difícil encontrar uma seleção dos principais contos publicados no Brasil que não inclua, entre os primeiros da lista, a história da miserável galinha e do carroceiro que a amava com tanto ardor e piedade. O sucesso foi tão grande que o próprio escritor, em tom de brincadeira, dizia ter a impressão de não haver produzido mais nada, de ser o autor de um único conto.

"Galinha cega" exibe as principais características da ficção modernista: a narrativa viva e dinâmica, fixada numa linguagem saborosamente brasileira, e sobretudo a paixão pelo povo e pelas ruas — especialmente as vias estreitas do bairro pobre, situado no alto da colina, longe da cidade iluminada. São comoventes não só o sofrimento da galinha, com a "admirável clarividência" que ela mantém em sua descida às trevas, mas também a piedade verdadeiramente santa de seu bruto protetor. As criaturas surgem na plenitude de sua humanidade, ainda que elas sejam bichos, ou homens transformados em bichos pela sociedade impiedosa em que vivemos.

No desfecho do conto, o amor pela galinha, que havia motivado o desejo de vingança, se transfere para o gambá assassino — todos seres inocentes, perdidos num mundo sinistro e inexplicável. A despeito de toda crueldade, nos últimos parágrafos somos envolvidos por um clima mágico — com direito a lua e balões. Assim é a obra de João Alphonsus: cheia de dores, mas também de surpresas.

Marisa Martin

**ANÍBAL MACHADO** nasceu em 1884 em Sabará (MG). Estudou Direito no Rio de Janeiro e em Belo Horizonte. Exerceu a função de promotor público e também atuou como professor de História e Literatura. Foi presidente da Associação Brasileira de Escritores e organizou, em 1945, o Primeiro Congresso Brasileiro de Escritores. Além de sua obra literária, produziu ensaios e traduções de peças teatrais. Morreu em 1964, no Rio de Janeiro.

**Principais obras:** Vila feliz (1944); Cadernos de João (1957); A morte da porta-estandarte e outras histórias (1965); João Ternura (1965).

# O rato, o guarda-civil e o transatlântico

### Aníbal Machado

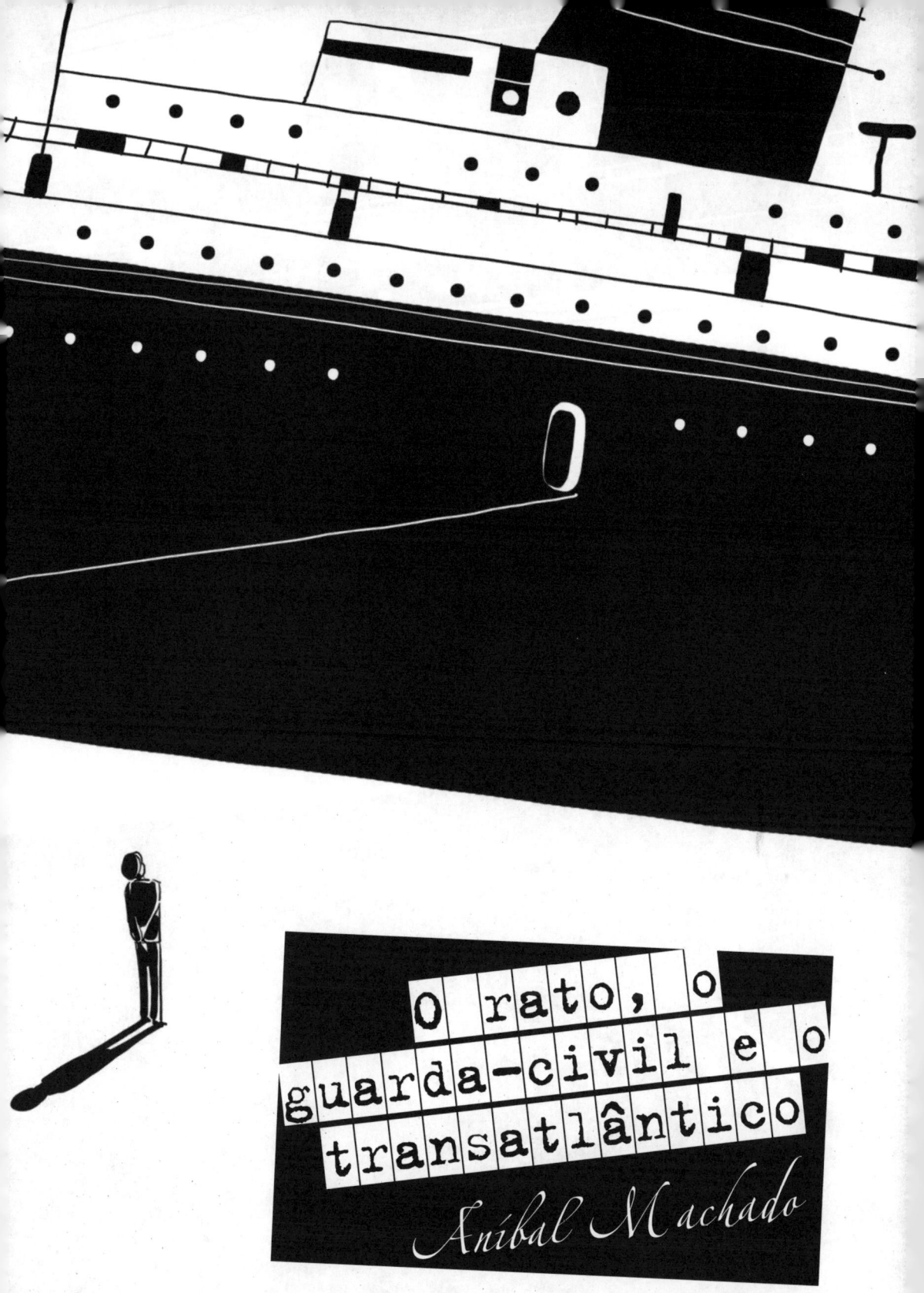

Para o Alvaro Moreyra

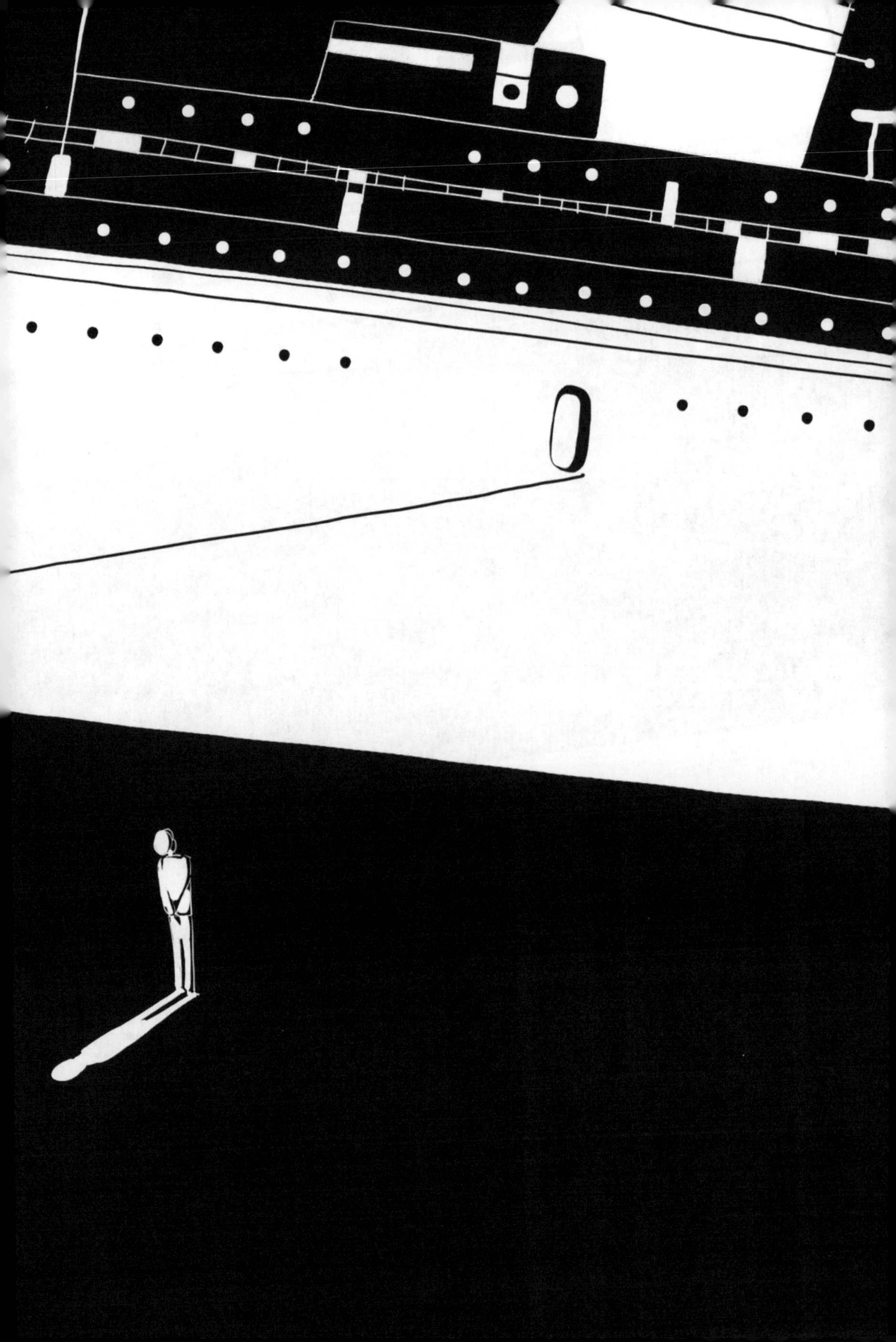

Alguma coisa segredavam-se àquela hora o cais e o transatlântico recém-chegado. Estavam atracados.

Quase deserta, a praça inunda-se de um sol tal que debaixo dele, guardando o molde dos pés transeuntes, o asfalto se faz dócil.

Que sol!

E que fazem as árvores que não intercedem a favor da gente? Apenas algumas, de poucos recursos vegetais, deixam cair no chão, já agora um cautchu elástico, o nanquim desaproveitado de sua sombra. São ossudas e verticais, como mulheres magras que nunca se casaram.

O paquete viera de atravessar o Atlântico, mas não dava mostras de cansaço.

Era um colosso. E o guarda-civil, seu admirador principal, ficara a contemplá-lo a respeitosa distância.

Dele se desprendiam acordes de orquestra, como se lhe fosse musical a fumaça das chaminés.

O monstro havia entrado alta noite em silêncio e todo iluminado; desde a madrugada conservava-se assim em intimidade com o cais.

Passageiros de binóculo olhavam do convés para o Brasil e recebiam de chofre nas retinas a agressão das cordilheiras.

Um jovem esteta alemão, negociante de motores, largara o chope e viera ao convés para fazer o diagnóstico: "Cubismo nas montanhas, pontilhismo no mar e arrivismo na cidade. Natureza virgem, imprevista, bárbara, etc., etc... População gesticulante. Pigmento vário. Sol. Material para teorias estéticas. Este país precisa de maquinismos e de filosofias. *Przf.*"

Suspenso o flerte de bordo, seguiam-se as exclamações em diversos idiomas:

X: — *Charmant pays!...*

Y: — *Dio mio, como e bello!...*

X: — *What a good nature!...*

Z: — *Wunderbar!!*

H: — *Caramba! Que hermozo! Es otra vez Andalucia...*

*Todos:* — Oh! oh! ohhh...

Um surdo-mudo, que só tomou parte na última exclamação, impossibilitado de explicar o seu entusiasmo, atirou-se ao mar.

Não sabendo se Brasil se escrevia com *s* ou *z*, um inglês escrupuloso sentiu-se incomodado e não quis desembarcar.

Havia festa. O mundo inteiro é uma festa! Já o guarda anda desconfiado disso.

Sua imaginação andou para trás no tempo e evocou a catedral parecida com aquilo, em que costumava entrar na infância para rezar. Ele é moreno, ar infantil, olhos mais sonhadores do que vigilantes tem a preguiça no corpo, mas é brioso de ânimo. No fundo, repele a farda e prefere, por exemplo, ir-se embora naquele navio. Quando não está de serviço, lê romances de engraxate e de estradas de ferro, dentro dos quais vive mais que na vida.

Com a emoção da chegada, a bronquite que grassava na 3.ª classe começa a fazer um grande barulho, semelhante ao protesto dos colegiais nos internatos.

O paquete de uma só vez trazia um mundo de coisas, tanta coisa junta que só a carga dessa viagem dava para despersonalizar o Brasil inteiro. O casco do navio estava impregnado do universo!

(Ó meu país, cada vez que toca em teu litoral um transatlântico, sinto que estremeces como o corpo virgem às mãos do sedutor. Dia virá em que há de ser um só cais febril a tua infinita costa!)

Cais e transatlântico continuavam atracados confidenciando-se. Os passageiros aproveitavam o idílio para descer, e o navio, que podia perfeitamente interromper aquele desembarque e partir pelo oceano fora, deixava-se ficar, não se importava... Como soltasse água pelos orifícios competentes, parecia ter arrebentado alguma veia. Mas o guarda não receou pela sorte dele, porque já notara essa diurese marinha em outros companheiros, transatlânticos daquele tamanho quase.

— É pena — refletiu — nenhum fica... Deixam depois o cais e vão-se embora... São todos assim. Fazem com o cais o que fez Sebastiana comigo... Sebastiana!...

De uma rua que dá na praça eis que desemboca um grupo em rixa. A lei estava violada. O policial interveio, providenciou e restabelecida a ordem inefável, voltou a seu posto para enamorar-se do transatlântico.

— Sim, senhor, que colosso!... E tão mansinho! Mas dizem que no mar alto ele é feroz!... Um dia embarco também...

Ele observava admirado as criaturas que desembarcavam. Homens de negócio, mulheres complicadas, americanos avermelhados, turistas, gente difícil que a nave arrebanha pelos portos deste vasto mundo.

Depois, imigrantes famintos, caftens vorazes, e anarquistas melancólicos.

O navio paternalmente deixava a todos sair.

Ao lado, diante de umas malas de cabine, uma francesa sorria, achando fácil a vida. Sorria para todos e para tudo, como faz há muitos séculos. E o guarda também sorria para ela, enquanto um estivador musculoso olhava com fúria para o pomerânia algodoado que ela acariciava nas mãos sem anéis.

— Um dia embarco também...

Num grupo destacou-se um senhor de incontestável importância que parou para ser fotografado, sorriu e foi fotografado com flores na mão e cavalheiros atenciosos ao lado.

— Aquele está bom para presidente, opinou o guarda.

Por último as malas... Dentro delas os produtos, a moda, as ideias, coisas novas para o país novo. Vinham ulceradas de letreiros indecifráveis. Dormia lá dentro o mistério. Contratos escandalosos, inventos, empréstimos, cartas de amor, planos de guerra, livros anarquistas, joias falsas e de vez em quando um cadáver de milionário ou de mulher fatal — os reputados maiores segredos do mundo cruzam os mares dentro de malas e valises.

— É possível haja uma grande confusão pelo outro lado — refletiu o guarda ante a algaravia poliglótica dos letreiros.

Ao longo do cais, os guindastes desocupados pareciam-lhe girafas a olhar.

Havia no ambiente uma atividade entre mundana e alfandegária.

Afinal, quando nada fosse, tratava-se de um grande navio que se encostara ao Novo Continente... O choque de dois mundos abrandado pela ternura do cais...

À chegada de um comboio ou de um paquete sempre se espera ver descer um conhecido. Tem-se mesmo a necessidade de adotar um amigo para abraçá-lo perante o público. Lembrara-se o policial de que, quando criança, seu avô lhe mostrara o retrato de um amigo, cujo filho, Pantaleão Bellini, havia seguido para a Europa e se ficara por lá. Quem sabe estava ele ali em meio de tantos estrangeiros? O guarda procurava Pantaleão Bellini...

Debaixo de um sol inamovível, a praça teve alguns minutos de vida cosmopolita. O asfalto gravava novos moldes de pés.

Mulheres que se aposentaram no Velho Mundo afluíam de Varsóvia, de Nápoles, de Paris e de Moscou à busca da revalidação sexual na América. Vinham algumas cobertas de joias, outras cheias de sabedoria, todas com o Wassermann positivo e rigorosamente vestidas.

O guarda já apaixonado pela francesa que sorria incansavelmente junto às malas, conjeturava o que podia fazer por ela. Divina! Seu coração pressentiu um escândalo, um rapto, um desfalque, um homicídio, pelo menos... Viu a morte nos olhos da tentadora internacional e começou a rezar...

Homens de maneiras frias e o adunco judaico do nariz na cara semítica desciam para fazer negócio, montar casas de penhor e, conforme as leis, tentar o comércio branco. Vinha a luxúria no corpo das primeiras; no espírito dos outros a astúcia.

Dentre vários turistas hipocondríacos, alguns, não se tendo suicidado em tempo, desciam com esperança de curarem em novas terras a neurastenia contraída nas velhas civilizações. Britanicamente entediados, fechavam a boca que só dava entrada ao charuto e saída para a respectiva fumaça. Entrevistados pela reportagem dos trópicos, negavam-se a dizer qualquer coisa, e, como fossem polidos, ofereciam charutos aos rapazes jornalistas que ficavam satisfeitos.

Um mutilado relatava a um repórter a história patriótica de seu braço direito levado por um obus na batalha do Marne; outro, com lágrimas nos olhos, contava a mesma coisa da perna esquerda que se ausentou do tronco em companhia de algumas falangetas da mão direita. Um russo, que se dizia pintor e amigo de Strawinsky, afirmava ter-lhe cabido a honra do primeiro tiro em Rasputin.

O guarda sentiu abalos na sua estrutura moral. A chegada daquele navio, o desembarque, as malas, as frases em estrangeiro, a francesa — tudo o perturbava e parecia querer corrompê-lo. E foi presa de um acesso nativista.

— É um desaforo! descem para fazer uso da nossa pátria...

O navio estava agora a sós com o cais. Parecia que ansiava por esse momento. Vazio o ventre daquelas gentes e bagagens que ele trouxera de fora e que acabavam de ser despejadas na terra de Santa Cruz, sentia-se leve e alteado pelas próprias ondas.

— Olha que são oito milhões de quilômetros quadrados! — referia a meia-voz um imigrante a outro imigrante que se chamava Carducci e que estava desanimado.

— Enfim — consolou-se o guarda — o país precisa entender-se com o resto do mundo. Os navios não têm culpa...

Lá vem a francesa. Que ainda estará fazendo ali a francesa? Sorrindo... O guarda junta as imagens mais doces que sabe e atribui-as à francesinha que o está enfeitiçando.

— Iara, leva-me em teus braços.

— Guarda, deixa-me pecar fora das leis.

A praça, passada a agitação do desembarque, fica mais erma ao sol do meio-dia. Parece um ringue de patinação logo após um grande desastre.

Àquela hora dava-se na cidade um fenômeno térmico-social, tão comentado como os maiores escândalos. Era o calor, que se combate nas sorveterias, debaixo dos chuveiros, nas casas de chope; o calor de que se maldiz desejando-o voluptuosamente nas praias de banho; o calor que expõe o corpo das mulheres, multiplica os delitos carnais, e inspira ideias monstruosas aos imaginativos. O calor longe do giro unânime dos ventiladores, endoidecendo a população nas praças cheias de labaredas.

— Bom é ficar dentro da água como o navio...

O guarda a um tempo suava e imaginava e, depois que foi autorizado pelo termômetro, começou a sentir calor oficialmente.

Instalara-se a preguiça no céu. Tempo ideal para um Congresso de Ópio. As árvores no auge da canícula suspenderam o fornecimento de sombra. Um absurdo, pois todo mundo quer viver à sombra de alguém ou de um chapéu de sol. O grito do sorveteiro lança no ar uma hipótese de frescura.

De um quinto andar uma rapariga quase despida reclina o busto para espiar... Tenta ler: "Cap... Cap... Cap..." — mas o sol turva-lhe a vista e derrete as outras letras que se fundem...

E o navio fica-lhe sendo apenas um grande navio sem nome.

O guarda olha para os lados, e furtivamente arranca do bolso uma brochura. *Simbad, o Marujo*. Leu. Tirou depois um caderno de modinhas. Declamou. Como não havia nada, só lhe restava cochilar. Cochilou. Parece que o transatlântico também.

Silêncio!...

Ouviam-se acordes da harmonia universal.

. . . . . . . . . . . . . . . . . . . . . . . . . . . . . . . . . . . . . . . . . . . . . . . . . . . . . . . . .

Tripulante retardatário, passageiro anônimo, eis surge no alto da escada, risonho, mas cauteloso e com visíveis sinais de quem quer descer, um rato. Um rato e nada mais.

Bem o divisara o guarda da sua semissonolência atordoada.

Ergueu o focinho ao céu e deslumbrou-se da claridade que o enchia. Quanta luz! Que país será esse, maravilhoso assim?

O cheiro de cereais que o vento levava dos armazéns vizinhos para o seu olfato acordara-lhe o instinto profissional exercitado nos empórios europeus. Diante de tão imperiosa solicitação resolveu ficar.

Desceu a escada com muito jeito, com calma, certa elegância de maneiras e bastante esperança. Desceu com a dignidade imprópria de um rato.

O transatlântico nada percebia, distraído com o cais. O guarda é que via tudo.

Acompanhou os movimentos do minúsculo imigrante e ficou desconcertado. Notou o espanto quase humano que se desenhou no rosto dele quando do alto da escada contemplando a cidade cheia de luz, orlada de montanhas. Ficou quieto. Quieto, porém reflexivo. Desandou a imaginar... Fazia considerações que a canícula concorria para tornar imprecisas, se não absurdas. Esteve horrorizado com certas conclusões de um raciocínio... Era o calor...

Formara-se grande atrapalhação em sua cabeça. Aquele rato não podia deixar de ter qualquer coisa de anormal... O ar malicioso, o olhar inteligente... Certamente, era um rato de tratamento, desonesto como todo rato, mas fino e especioso, com o dom do raciocínio e noções gerais sobre as coisas. Bastava a circunstância de ser passageiro de um transatlântico de luxo...

Fosse como fosse, havia qualquer coisa de espantosamente humano em sua maneira de olhar, de gesticular, de saltar com prudência e de cheirar com volúpia. Além do mais, era europeu, e da Europa, como de Nova Iorque chegam diariamente coisas fantásticas...

Quem lhe poderia assegurar que com aquele mamífero displicente não aportava ao Brasil uma coisa fantástica?

A superstição confirmava as hipóteses da imaginação. Diante do desconhecido, o guarda ficou mais humilhado que curioso. O homem enfatuado humilha-se de reconhecer as suas maneiras num canguru, num macaco ou num sapo. E o rato assimilava modos de *Homo sapiens*. O novo hóspede pisou o território nacional.

Sentiu uma emoção esquisita. Olhou depois para os lados e certificando-se de que não havia gatos em torno, baixou o focinho ao chão religiosamente, mas fê-lo com tal respeito e frenesi que mais parecia um beijo.

O beijo com que recolhera no original o primeiro cheiro da terra brasileira.

Ao olho agora bem estatelado do guarda não passou despercebido o gesto gentil do roedor europeu. Não! positivamente...

O rato, o guarda-civil e
o transatlântico 83 *Aníbal Machado*

aquilo era um camundongo especial, um rato de categoria. Poderia vir imbuído de ideias anarquistas, de princípios prematuros soprados de Moscou sobre a América do Sul. E o guarda fora instruído de que caminhavam pelo planeta ideias diabólicas. Algumas delas já haviam chegado até nós, mas caíram como corredores ao termo da prova.

A terra move-se sob o signo da Extravagância, cuja infuência já desce ao Brasil inocente e começa a atordoar o policial desprevenido.

Assim considerando, deliberou deter o animal. Teve ímpeto de matá-lo a cassetete. Ímpeto apenas, porque depois recuou da imprudência com supersticioso receio.

Não, pensou consigo, trata-se de um rato de cerimônia, europeu provavelmente e incontestavelmente passageiro de um transatlântico; talvez nem seja rato, tendo deste apenas o físico miúdo e o pelo inequívoco; talvez venha cumprir um destino no país.

O guarda não sabia se devia esmagar o animalzinho sob os pés, ou se adorá-lo como uma divindade nova.

Saem tantas coisas absurdas de um transatlântico!...

O hóspede ouve o rumor da cidade e deseja conhecer coisa nova.

O asfalto arde-lhe tanto nos pés que o faz dançar contrariado.

Vê à frente, à sua disposição três ruas como três destinos que se lhe abrem.

Dirige-se para o guarda. O gesto é de quem vai colher informações. A meio caminho, para como quem posa para o fotógrafo. O policial já não tem mais dúvida. Arrepia-se; súbita sensação de frio de quem chega a Petrópolis. Iria prestar informações a um rato, iria admiti-lo como interlocutor humano...

Mas enquanto este se concentra, o guarda cai em transe filosófico... Pensa nas coisas, tolera tudo e quase já admite o rato como fenômeno plausível, filho de um século de absurdos.

Desconfia que vai por este mundo de Deus uma festiva animação e quer tomar parte em tudo. São os hotéis, são as mulheres, são os navios que não param quietos, são os aeroplanos que voam; é a dança, é a música por toda parte. Na terra uma quermesse, no mar uma festa veneziana. O guarda achou tudo admirável. Seus lábios preparam-se para deixar passar um conceito dissolvente. Mas ele é prudente, nada dirá; sete anos de serviços, e um reumatismo incipiente já lhe vêm despertando as primeiras covardias.

Sentindo, porém, que ninguém o percebe, abre um sorriso mole, combinação feliz entre o da Gioconda e o de Carlito. Momentos depois, entre os lábios dilatados pelo sorriso, o conceito sai, como bala atrasada depois da detonação: "uma festa este mundo!... Franqueza..."

O pronunciamento filosófico-policial era profundo, apesar de vulgar, e como se verificou a 39° à sombra de um guarda-chuva, e diante de um transatlântico de muitas toneladas, não podia deixar de ser peremptório.

Definido assim o mundo, o guarda voltou ao rato. Mas voltou menos alarmado, quase tranquilo, como o amante ao lado da mulher na noite em que pensa tê-la compreendido.

Era já o Signo da Extravagância irradiando plenamente em lugar do Cruzeiro do Sul...

Tudo tinha explicação, menos aquele rato e o telégrafo sem fio. Era certo que na vida do guarda o sorriso de Sebastiana tinha-se também consumado uma coisa misteriosa. Mas o mais... tudo se explica. Por exemplo, as mulheres que desembarcaram do navio antes do rato, estando alegres e bem-vestidas, vinham com certeza para animar a Nação, distraindo os congressistas e distribuindo carícias ao alto comércio. O próprio navio se ali estava parado era por causa do cais. Tudo se explica, refletiu o guarda. O sol, se brilha, é para que não haja escândalos na rua, como nos cinemas, e as montanhas, se são altas, é por causa do panorama que delas se descortina — mas aquele rato estava na obrigação de ser rato e nada mais que rato. Já que assim não era, seja admitido como um rato de exceção. E seja entre nós bem-vindo um rato providencial.

Ele ou ela? Rato ou rata? Dos ratos em geral ficara-lhe na memória uma reminiscência gramatical da idade escolar: "— rato, substantivo masculino, singular... singular..." Era o que sabia de rato, noção que o não habilitava a precisar o sexo do que desembarcou. Também que adianta hoje o sexo? A cidade está cheia de rapazes tão lindos e de raparigas tão esportivas, que só os podem diferençar os médicos-legistas e nunca os estetas.

O que descera do navio era, pois, um substantivo masculino, singular.

A alguns metros do guarda ainda quedava o insigne roedor. Era evidente que estava raciocinando, formulando um programa, o programa da entrada. Eram três ruas em frente, à escolha. Saltaria nalgum táxi por causa do calor; entraria na cidade de táxi. Foi quando lhe ocorreu a ideia de voltar para despedir-se do transatlântico, que o trouxera a tão imprevisto mundo, e guardar-lhe a quilha branca na retina.

E olhou saudoso o quieto paquete... Na verdade não lhe correra bem a viagem. Em Biscaia muito mar com enjoos; dias depois quase o mata o salame de bordo; no Havre escapou de ser frigorificado às ordens do comandante; pouco antes de Vigo, um capitalista com evidente maldade, atira-lhe na cara as cinzas do charuto. Durante nove dias seu olho direito ficou camoniano. Finalmente, ao entrar na baía, pisado de boa-fé por uma prima-dona de companhia lírica. Nem por tudo isso se magoara com o transatlântico.

Por sua vez, o policial considerava no destino que o fizera guarda-civil. Não nascera para isso, nascendo para diplomata. O programa do seu ideal falhara nesse ponto. Quanto à fazenda de café em São Paulo, ainda tinha esperança de adquiri-la.

Enfim, era guarda-civil em caráter provisório, esperando há sete anos coisa melhor.

A sorte parecia sussurrar a este otimista: "tem paciência, espera um pouco, mais sete anos ou quinze; vai continuando assim mesmo, policial ou coisa pior, pouco importa, serás tudo depois..." De repente ao contemplar o cassetete teve uma rápida sensação de que era autoridade, como o *sportsman* nu que, após o exercício, diante do espelho, obtém dos músculos intumescidos o direito de afirmar: — "eu sou um colosso!"

Era autoridade, estava ali para manter a ordem, fazer respeitar a lei, cumprir o dever. Iria cumprir o seu dever.

Mas preferiu dormir.

Dormiu e sonhou.

Sonhou que viajava naquele mesmo paquete, deixando ao país sete anos de serviços, e levando consigo uma dançarina russa de meio sangue Romanoff, muito friorenta. Viu outros portos e metrópoles encantadas. No convés brigou com um argentino, dançou com uma chilena, discutiu com um alemão e foi roubado por um turco. Viu sereias do tempo de Ulisses encantadas com o *jazz-band* universal que se está ouvindo agora pelos oceanos e descobriu o velho Netuno escondido sob o casco de um navio velho, envergonhado de não saber dançar. Cruzou no mar alto outros paquetes iluminados, sonoros de apitos, de orquestras e cantos.

E concluiu que este mundo é uma festa...

Tudo dança sobre a terra, sobre o mar dançam todos os navios...

Enquanto o guarda viaja, o rato procura pôr em prática o seu melhor método de entrar numa cidade. Aos poucos se foi informando das instituições, dos comestíveis, dos grandes nomes nacionais. Convinha instruir-se previamente acerca das coisas da terra. Para tranquilidade sua, assegurou-se de que o clima era bom, de que não havia muitos gatos. Depois, como apelo hereditário, um desejo diabólico de roer, como quem, roendo sempre, aqui viesse cumprir um destino.

E, não tendo encontrado táxi, entrou satisfeito na cidade, em passos de foxtrote acelerado que o asfalto quente ainda tornava mais vivaz.

Eram quatro horas e vinte cinco minutos da tarde.

Machucara-o numa das esquinas a vassourada de um caixeiro lusitano. Não estava sendo bem recebido. Pouco lhe importava. Ele trazia o destino de roer, ele queria encontrar o que roer. Já pretendia farejar os in-fólios da Academia e os queijos mais frescos da República; ansiava pelos casacos mais velhos da Monarquia, dentro dos respectivos móveis coloniais; ia deliciar-se com as fardas que restavam do Paraguai; ia, enfim, iniciar a santa roedura de tudo o que nesta terra virgem não estivesse exposto aos raios diretos do sol e da vida. Tudo seria minuciosamente roído. Não era só pela terra. Era pelo desejo de roer, sem motivo, risonhamente...

A francesa ainda persistia sorrindo ao lado das malas. Alguém fazia perguntas, que ela não entendia.

— Sua profissão?

— *Femme fatale*.

Sonhando incorrigivelmente, o policial prosseguia na viagem com o mar diante dos olhos e a bailarina dentro dos braços. Recebeu a carícia de todas as coisas, e a melhor carícia que é da água, achando o mundo uma maravilha.

Navegando, viajou até Xangai.

Quando, na remota cidade chinesa, estendia a mão à risonha vítima dos sovietes para descerem juntinhos, foi acordado às sacudidelas por um cidadão que reclamava os seus serviços. E como chegara a hora de algum atentado ao pudor, era precisamente disso que se tratava.

O guarda teve que regressar urgentemente da China para abrir os olhos na Praça Mauá.

— Pois o senhor não compreende que eu estou chegando da China!... Espere um pouco, tenha paciência... Como é longe a China!...

Fez esforço a fim de não misturar sonho e realidade, baralhados em seu espírito cheio de ressonâncias marítimas. Depois de uma operação mental complicada, conseguiu isolá-los e ficar com a parte de realidade, de que precisava para responder ao queixoso. Até o último momento antes de deliberar qualquer coisa, a russazinha dos Romanoff ainda o atrapalhou.

Acendeu o cigarro.

À fumaça compareceram o transatlântico, a dançarina, a francesa, o rato e um panorama parcial de Xangai. Parecia fumaça de cachimbo chinês, de tão concorrida. Acabou conseguindo restabelecer em si a unidade moral, desagregada pelas emoções e dissolvida pelo calor.

Quis experimentar se estava em condições: "França, capital Paris... 7 e 7, 14... Minha mãe se chamava Balduína, meu pai, Romero... Devemos amar a pátria... Não se deve cuspir no chão nem desejar a mulher do próximo... Rockfeller é milionário, eu, não; eu sou guarda-civil..."

Verificou que podia. E recaiu no fenomenismo profissional.

Dilatou a vista para o cais. Que é do navio?...

Sem nenhum motivo o transatlântico abandonara o cais.

Ingrato!... Não disse?... Todos vão-se embora...

Pobre cais!...

Com grande exibição de fumaça e disposto a ganhar o oceano, o paquete ia fugindo veloz. Nada o fazia voltar. Estava resoluto e de ar avalentoado. Corriam-lhe atrás as ondas, que depois desistiam, como cães que correm latindo ao comboio em velocidade. Já navegava longe, mas ainda era grande e visível como um anúncio de dentista. O oceano dentro em pouco ia devorá-lo.

O cais voltava à sua nostalgia específica.

Embarcações ligeiras encostavam-se a ele com doçura, procurando consolá-lo. Mas ele repelia esses contatos e já esperava ansiante outro transatlântico que vinha chegando barra adentro, carregado de promessas...

Os cais agora só querem saber de transatlânticos.

A nave desertora já entrara na jurisdição do almirantado inglês. Sumira-se.

O guarda lembrou-se das montanhas que desapareceram atrás da garupa do seu cavalo, quando partiu da terra natal.

Montanha, parto da montanha... ah! onde estaria o rato, o seu rato?

O Signo da Extravagância exerce-se agora com alarmante intensidade.

— Mas, afinal, o senhor não me atende! É um absurdo. Não se tem garantias neste país — gritou o queixoso ao guarda impassível.

Com uma grande inocência nos olhos, o policial fitava o cais e não se mexia. O vento atirava-lhe o quepe para longe. Que importa o vento!

Alheio a tudo, dizia coisas baixinho, devagar e quase cantando:
— Oh! estava chegando em Xangai... Xangai... Como é interessante o mundo!... Eu não sabia que era assim. Ninguém nunca me disse que o mundo era assim... Eu bem desconfiava... Tão longe, Xangai!...

— !!...

— Com dançarina russa, nunca mais! nunca mais!... Romanoff... Voronoff... Roskoff... off...

— !?...

— rato, substantivo masculino, singular... singularíssimo... sing...

— !!!!...

— Coitado do cais! nunca mais! nunca mais... masculino, singular... Xangai... Xang... O senhor tem calos? Só tem calos quem quer. Quem é o pai da criança? Eu não sabia que o mundo era assim... Que beleza este mundo!...

Teve a sensação de que era coquetel, depois que era ventilador, quilha de navio, rato e finalmente que não era nada. Fazia contrações com os dedos estrangulando Luís XVI e em seguida uma criança. Ouviu o Padre Vieira e passou-lhe uma vaia. Tomou sorvete ao lado de Landru, Cleópatra e Sete Coroas. Pisou no calo de Mussolini e interveio na política inglesa assobiando a *Gigolette*. Deixou a cachoeira de Paulo Afonso pingar dentro de seus olhos e, logo depois, jogou pôquer com Napoleão. Acabou fumando o cassetete...

Mas, como estava uniformizado, continuou guarda-civil até às sete da noite, hora em que recebeu ordem de partir com urgência para o Hospício, onde acordou no dia seguinte fazendo apreciações sensatas sobre a China... para onde seguia num luxuoso transatlântico em companhia de uma porção de ratos maliciosos...

## Surrealismo à brasileira

Aníbal Machado nasceu em Minas, mas se adaptou tão maravilhosamente ao Rio de Janeiro que acabou se tornando, a exemplo de Marques Rebelo, um "carioca típico". Entre os mineiros, na década de 1920, e mais tarde também entre os artistas e escritores do Rio, exerceu um papel histórico de liderança e arregimentação, que lembra muito o de Mário de Andrade. Interessou-se por todas as artes, especialmente o cinema e a pintura moderna. Possuía as antenas e o coração abertos para o mundo, tendo sido entre nós um divulgador dos mestres do surrealismo (André Breton, Louis Aragon, Paul Éluard), além de outros grandes autores europeus do século XX. O endereço de suas tertúlias, na rua Visconde de Pirajá, em Ipanema, ficou quase tão famoso quanto o da rua Lopes Chaves, na Barra Funda, de onde Mário despachava sua prodigiosa correspondência para todo o Brasil.

"Prefiro antes conversar do que escrever", dizia Aníbal Machado. Segundo Otto Maria Carpeaux, ele talvez tenha sido o maior *conversador* de nossa história literária. Só em 1944, quando estava prestes a completar cinquenta anos, é que apareceu seu livro de estreia, *Vila feliz*, uma reunião de contos incluindo sua história mais famosa, "A morte da porta-estandarte". Durante décadas, leitores e amigos esperaram a conclusão do seu único romance, *João Ternura*, que se tornou uma espécie de lenda e acabou tendo publicação póstuma. O protagonista, tantas vezes comparado a Macunaíma, é mais um ponto de aproximação com Mário de Andrade. Com efeito, o que os dois escritores pretendiam, a par da atualização estética com as vanguardas internacionais, era a plena realização da originalidade brasileira. Sem ter nada de provincianos, foram ambos fervorosos nacionalistas.

Nas últimas décadas, a obra extraordinariamente concisa de Aníbal Machado tem sido cada vez mais lida e reverenciada. Apesar do vanguardismo, vários críticos elogiam o feitio clássico de sua literatura. Não só pelo estilo refinado, mas também pelo domínio do humor — numa escala que vai da ironia à sátira —, suas narrativas são sempre comparadas com as de Machado de Assis. É de fato impressionante a habilidade de Aníbal para misturar imagens poéticas ousadas — as metamorfoses que são próprias da "beleza surrealista" — com a sobriedade e a perícia da linguagem. "Balão cativo" foi a expressão usada pelo crítico Cavalcanti Proença para definir esse equilíbrio entre razão e imaginação e especialmente o fato de o escritor — onírico, mas sempre vigilante — nunca se despregar da terra.

A fidelidade ao torrão natal é o que mais espanta nesse artista de caráter tão universalista. O Brasil está no centro de sua obra. No conto "A morte da porta-estandarte", dialogando com a música popular, ele mostra a praça Onze se enchendo de povo — o carnaval, de acordo com o *Manifesto Pau-Brasil*, de Oswald de Andrade, é "o acontecimento religioso da raça". Em outra narrativa antológica, "Viagem aos seios de Duília", o escritor regressa ao interior de Minas para fazer pulsar o coração primitivo do país, em desacordo com a marcha violenta das metrópoles. Já o conto incluído nesta antologia, cuja primeira publicação se deu em 1925 na revista carioca *Estética*, é uma bem-humorada — e bem modernista — defesa do país virgem e "selvagem", assolado desde o começo da colonização pelos navios do Velho Mundo.

O acontecimento relatado no conto — a chegada de um paquete estrangeiro na orla carioca — é visto numa perspectiva deslocada, em que se priorizam os inusitados pontos de vista de um guarda-civil, de um rato e de um transatlântico (todos devidamente "humanizados"). A sátira ao cosmopolitismo é violenta. Toda a "extravagância" que desembarca — as prostitutas francesas, os negociantes judeus, a neurastenia europeia, a "algaravia poliglótica" — é alvo da desqualificação cômica. Depois de sofrer um "acesso nativista", o guarda-civil passa a sonhar com uma viagem pelo mundo. O rato, tal como os outros roedores desembarcados, corre a instruir-se sobre as "coisas da terra". O transatlântico finalmente vai embora, deixando abandonado o "pobre cais" que, embora não figure no título, é o personagem mais importante da história. Com sua "nostalgia específica", o cais representa, claro, o país. E a posição do narrador também é explícita: o elogio do surrealismo, aliás tão parecido com a desordem brasileira, não significa uma acolhida generalizada a todas as modas que compõem a carga universal dos navios. De acordo com Aníbal Machado, é preciso que a tentação das novas ideias seja vencida pela firmeza do cais. Em outras palavras, que o Brasil se entenda com o resto do mundo, mas sem desentender-se consigo mesmo.

*Referências Bibliográficas*

**Fontes dos textos**

Nízia Figueira, sua criada
ANDRADE, Mário de. *Belazarte*. São Paulo: Piratininga, 1934, pp. 129-152.

_____. *Os contos de Belazarte*. 3ª ed. São Paulo: Martins, 1947, pp. 123-141.

_____. *Os contos de Belazarte*. Rio de Janeiro: Agir, 2008, pp. 115-130.

Apólogo brasileiro sem véu de alegoria
MACHADO, Antônio de Alcântara. *Novelas paulistanas*. Rio de Janeiro: José Olympio, 1961, pp. 306-311.

Na rua Dona Emerenciana
REBELO, Marques. *Oscarina*. São Paulo: Martins, 1960, pp. 49-58.

Galinha cega
ALPHONSUS, João. *Galinha cega*. Belo Horizonte: Os Amigos do Livro, 1931, pp. 9-22.

O rato, o guarda-civil e o transatlântico
MACHADO, Aníbal. *A morte da porta-estandarte e outras histórias*. Rio de Janeiro: José Olympio, 1965, pp. 235-248.

## Bibliografia básica

ANDRADE, Carlos Drummond de. "João Alphonsus". In: *Poesia e prosa*. Rio de Janeiro: Nova Aguillar, 1992.

ANDRADE, Mário de. "A estrela sobe". In: *O empalhador de passarinho*. Belo Horizonte: Itatiaia, 2002.

BARBOSA, Francisco de Assis. "Nota sobre António de Alcântara Machado". In: MACHADO, António de Alcântara. *Novelas paulistanas*. Rio de Janeiro: José Olympio, 1961.

BOSI, Alfredo. *História concisa da literatura brasileira*. São Paulo: Cultrix, 1994.

CAPPELA, Carlos Eduardo Schmidt. "Anos vinte: a São Paulo do 'Brás, Bexiga e Barra Funda'". In: *Remate de males*, n.º 10. Campinas: Unicamp, 1990.

CARPEAUX, Otto Maria. "Presença de Aníbal". In: MACHADO, Aníbal. *João Ternura*. Rio de Janeiro: José Olympio, 1980.

DIAS, Fernando Correia. *João Alphonsus: tempo e modo*. Belo Horizonte: UFMG/Centro de Estudos Mineiros, 1965.

FIGUEIREDO, Tatiana Longo. "Belazarte bem mais que modernista". In: ANDRADE, Mário de. *Os contos de Belazarte*. Rio de Janeiro: Agir, 2008.

LOPEZ, Telê Ancona. "Um contista bem contado". In: *Mariodeandradiando*. São Paulo: Editora Hucitec, 1996.

MACHADO, Luís Toledo. *António de Alcântara Machado e o modernismo*. Rio de Janeiro: José Olympio, 1970.

PROENÇA, Ivan Cavalcanti. "Marques Rebelo: cantor das gentes cariocas". In: REBELO, Marques. *Seleta*. Rio de Janeiro/Brasília: José Olympio/INL, 1974.

PROENÇA, M. Cavalcanti. "Os balões cativos". In: MACHADO, Aníbal. *A morte da porta-estandarte e outras histórias*. Rio de Janeiro: José Olympio, 1972.

TRIGO, Luciano. *Marques Rebelo: mosaico de um escritor*. Rio de Janeiro: Relume-Dumará, 1996.

**IVAN MARQUES** é doutor em Literatura Brasileira e professor da Universidade de São Paulo. Foi diretor do programa *Entrelinhas* e editor-chefe do programa *Metrópolis*, ambos da TV Cultura de São Paulo. Na mesma emissora, realizou documentários sobre literatura, como "Versos diversos: a poesia de hoje", "Orides: a um passo do pássaro" e "Assaré: o sertão da poesia". Tem artigos publicados em livros, jornais e revistas.

**ALÊ ABREU** nasceu em São Paulo, em 1971. Formado em Comunicação Social, dedica-se desde os treze anos ao cinema de animação. Em 2007, concluiu *Garoto Cósmico*, seu primeiro longa-metragem, após dois curtas, *Sírius* (1993) — premiado por um júri internacional de crianças no Uruguai e pelo Bureau Internacional Católico, ligado à Unicef — e *Espantalho* (1998) — que, entre outros doze prêmios, recebeu o de Melhor Animação Nacional do Anima Múndi. Recentemente concluiu seu terceiro curta, *Passo* (2007). Já ilustrou muitos livros, dentre os quais *O mistério do cinco estrelas* (2005), de Marcos Rey, *ABC do mundo árabe* (2006), de Paulo Daniel Farah, e *A Maldição da Moleira*, de Índigo (2007). Seu site é www.aleabreu.com.br.